中村倫也之非常雜談

THE やんごとなき雑談

中村倫也

中村倫也之非常雜談

前言

ま（Ma）

MacBook

話說回來，「散文」原本是哪國話，又具有什麼意義呢？（註：日文中的散文為外來語）「真的有不少大概知道意思但又無法正確說明定義的詞彙呢」。寫下連載第一回的文章前，我想，或許應該先靠自己查一查「散文」這個字的意思。

【散文essay】可以是「隨筆」或「隨想」，意思大概是「來自作者親身體驗的心情，想到哪寫到哪的雜文」。唔嗯……簡單來說，這定義有跟沒有差不多，應該是想寫什麼就寫什麼的意思吧？日本古典文學三大隨筆之一《徒然草》序文有一段寫道「鎮日無聊，與筆硯相對，心中雜想紛呈，信手寫來，竟生不可思議之高昂情緒」(1)。長到這把歲數了，這才第一次發現，原來這段文章指的就是隨筆散文啊。

不過另一方面，「essay」在歐美各國的定義，和日本又有些許不同。essay語源來自法文【essais】，這個字有「嘗試」、「考驗」的意思，引申為「鋪陳對事物的看法，試圖說服讀者的文章」。換句話說，比較偏向「反覆思考與辯證，將得出的答案寫成論述文」的意思。於是，我將國內外對「散文」的定義綜合起來，在連載開始前，為自己確立了書寫方向。那就是——「接下來，我可以框列出自己日常生活中平凡無奇的一幕，也可以將思考後嘗試的結果用自己的想法寫下來，即使寫下的是這麼瑣碎的東西也沒關係」。

從這段文章想必也看得出來，我是那種得先思考過後才會採取行動的人。

不先思考就不會行動，這種性格真的很麻煩，所以我深深嚮往身體或情感跑在理智前面的人。不過，既然已經是這種性格了，那也沒辦法，偶爾還會針對這件事又思考一下呢。那麼，接下來要請大家讀的，或許就是這樣的我在兩年之間嘗試了各種思考的雜亂片段。雖然放在面前的不是筆硯，是MacBook筆記型電腦，但我也試著將心中紛呈的雜想盡可能坦然寫下。各位不妨在生活空檔或睡覺前想到的時候拿起來讀一讀。只要書中有任何一行文字能在大家腦中留下印象就好，這麼希望的同時，也試著喚醒學生時代模糊的記憶，心想「好像有學過カ行下二段活用……」

（1）西尾實、安良岡康作校註《新訂徒然草》第二版，岩波文庫，二〇二〇年、第十七頁

年	月	學歷・職歷（分別詳細填入）
		國小、國中、高中畢業

年	月	證照・資格
		持有普通汽車執照

應徵動機、專長、喜歡的學科、自我推薦等	通勤時間	
喜歡動物，喜歡足球， 容易對什麼著迷但也很容易膩。 最近著迷於DIY，對陶藝尤其感興趣。 討厭刺眼的光，害怕高處。 一緊張就想睡覺。	約　時間　分	
	扶養家人人數（配偶除外） 人	
	配偶 目前 ※ 有・無（圈選：無）	配偶的扶養義務 ※ 有・無

本欄請填寫自己希望的條件（薪資、職種、工作時間、工作地點等）
希望偶爾可以放假去打高爾夫球。

コクヨ

履 歷 表

年　月　日現在

ふりがな	なかむら ともや	
姓名	中村倫也	
1986 年 12 月 24 日生（滿 34 歲）	※男・女（男）	
ふりがな	とない ぼうしょ	電話
地址 〒	都內某處	03-XXXX-XXXX
ふりがな		電話
聯絡地址 〒	同上（現居地址外另有聯絡地址時須填） 方	

年	月	學歷・職歷（分別詳細填入）
2003	4	高中二年級春天，進入演員培訓班。
2004	3	從演員培訓班畢業。
	8	第一份工作，電影《七人之弔》開拍
		∫ 這樣那樣也發生了很多事
2018	10	「中村倫也之非常雜談」連載開始
2021	春	連載內容出書

填寫時請注意　1.勿使用鉛筆，以黑或藍筆填寫。　2.數字使用阿拉伯數字，文字請填寫正確。　3.※處請圈選符合的選項。

目次

嚼勁

（全新創作）

好的，這是一篇為了出書，全新創作的文章。

怎麼把全新創作的文章放在最前面了呢。

或許有人會說，「不是要給我們看兩年之間嘗試了各種思考的片段嗎！」是的，感謝您熱情支持。也或許有人想說，「全新創作可是出書時的重頭戲之一，怎麼一開始就拿出來了？」是的，您說的沒錯，我也這麼想。可是沒辦法啊，因為已經決定要放在這裡了。我決定的。

為了出版這本書，我回頭去看之前每個月連載時寫的原稿。儘管文章寫得稚嫩生澀，但都放進了每個當下的情感。順著時間軸再次回顧這些情感，使我強烈感受到「按照這個時間順序排列是很重要的事」。如此一來，各位讀者也能感受到寫作者的狀態演變，享受觀察其中文筆些許的進步。同時，一想到「那全新創作的文章該放在哪裡好呢？」我又陷入雙手手腕關節像被人抓住般的單純錯覺，頓時不知所措。深思熟慮的結果，終於做出現在這個「一開始就端出來好了」的決定。最好的選擇總在打破逆境後的前方等著我們。再說，不覺得把全新創作放在最前面也挺潮的嗎？那麼，請各位欣賞我一邊這麼說服自己，一邊敲下的這篇文章吧。

是這樣的，寫著這篇文章的現在，是二〇二一年的一月三日。恭祝大家新年快樂。今年也讓我的雜文陪伴大家吧，請多多指教。電視上，箱根馬拉松剛轉播完，駒澤大學獲得戲劇化的逆轉勝。真厲害，竟然能在這麼冷的天氣中跑馬拉松。聽著背後的電視機裡傳來的聲音，感受那份狂熱，我慢慢地，咕嘟咕嘟沖著手沖咖啡。沒錯，這次要聊的是「咖啡的事」。

在下星期開拍的電視劇《要來杯咖啡嗎》裡，我飾演行動咖啡車老闆兼咖啡師。這個男人到哪都會遇到抱持煩惱的人，透過咖啡與人交流，解決對方的煩惱。此外，他自己也有著無法三言兩語說明的灰暗過去……是這樣的一部電視劇。為了扮演這個角色，去年底劇組讓我去做了「咖啡研習」。請專業咖啡師指導正確的手沖方式，也學習沖煮咖啡時的正確態度。從那天起，整個年底到新年期間，我沒有一天不沖咖啡，而這是一件非常有趣的事。

慢條斯理，心平氣和，快速且沒有一絲多餘的動作，一邊仔細觀察咖啡豆的狀態，一邊注入熱水。據說，一旦過程中太心急或不專心，咖啡喝起來就會有「雜味」。正確的沖煮姿勢，是以最小限度的動作做出最大限度的成果。換句話說，為了扮演一個咖啡師，只要徹底追求正確的「動作」，自然就能沖出終極的「美味咖啡」。因為準備時間有限，我不免擔心起自己究竟能完成到何種程度。除此之外，還有一個更大的不安要素。

那就是，我不敢喝黑咖啡。

驚不驚喜？意不意外？飾演咖啡師的人不敢喝咖啡，就跟開蕎麥麵店的人對蕎麥過敏一樣嘛。建議還是轉行的好。前面提到「據說，一旦過程中太心急或不專心，咖啡喝起來就會有雜味」，請大家注意，我用了「據說」兩字。沒錯，就是你想的那樣。慢慢地，正確地沖煮也好，稍微有點敷衍了事也好，對我來說，喝起來都只有一個感覺，那就是「好苦」！這可如何是好！

過去我喝咖啡時，都要加入大量牛奶，讓味道變得溫和醇厚。意思就是，我的味覺還是小朋友。不過，不間斷地每天喝個兩、三杯，總有一天也會習慣黑咖啡吧，搞不好連蕎麥麵店老闆的過敏都會痊癒。懷著如此微薄的希望，我正朝這樣的光明未來勇往直前中。好孩子不要學喔。

即使是喝不出咖啡好壞的我，與咖啡真誠相對的這段時光依然寶貴。至於要說寶貴在哪裡嘛，「儘管生活繁忙，手沖咖啡依然是一天中不可或缺的時間」。扮演這麼一個「生活得從容自在的成熟男人」令我樂在其中。這可是連《BRUTUS》雜誌來採訪都不為過的生活品味呢。以熟練的手法注入熱水，頂著因蒸氣而起霧的眼鏡，一手拿著文庫本，一手端起咖啡啜飲一口。「美味。」一想到這就是自己現在過的生活，不由得一陣雀躍。雖然事實的真相是喝了就苦得表情扭曲。還有，手上拿的也不是文庫本，是少年漫畫。不過這些小事就別一一計較了。今天早上散步時，也試著把咖啡裝在水壺裡帶著走。坐在公園長椅上仰望冬日天空，輕輕啜飲一口。嗯，就算換個環境喝，苦的東西還是苦。看來，今年對自己的期許會是「成為敢喝黑咖啡的男人」了。

好的，時針終於要往回撥，下一頁即將回到二〇一八年秋天，連載開始後的第一篇散文。巧合的是，這篇文章裡也提到一點關於咖啡的事。當然，那時的我得加入大量牛奶，牛奶和咖啡的比例差不多是七比三，話雖如此，當時還是為了耍帥，只以「咖啡」稱呼。若各位能夠抱著溫和醇厚的心情，欣賞這麼一個男人的奮鬥過程，那將會是我的榮幸。

化身為一團自我意識，飛向夜空。

自我意識

（《達文西》雜誌・2018 年 11 月號）

已經五天了。這五天來，只要一抓到空檔，我就會打開電腦，答答敲打鍵盤，試圖寫些什麼。然而一陣左思右想後，又會連續敲打delete鍵，一次又一次「全選」→「刪除」。明明截稿日就是明天了啊。

這次，知名文學雜誌《達文西》向我提出一篇兩千字的連載邀稿。為什麼找上我這個小演員？認真的嗎？驚訝之餘，又深感榮幸。我既不討厭寫文章，也有意拓展自己的表現場域。再說，搞不好還能出本散文集，聽起來好像……滿帥的。二話不說接下了邀稿，接下來才是問題，到底該寫什麼才好呢？剛出發就觸礁，我才會在這午夜前五秒如此的沮喪。

「拜讀您的書了！文筆真好！」多麼希望走在路上，能有路過的女性這樣對我說。她最好是二十五歲到二十九歲之間，穿著褲裝式套裝，戴眼鏡，充滿知性的女性。碰巧在街頭遇見演員兼散文作家的我時，就連平常同事口中那個冷靜沉著的她，竟也雙眼發光、語氣興奮地上前搭訕。地點在澀谷東急HANDS後巷，路過的人不多，是個風和日麗的初夏午後。相遇場景差不多設定到這邊時，我打翻了正在喝的咖啡，將自己拉回現實。現在不是胡思亂想這些的時候！時間來到平成三十年，截稿日前的夜晚。就在剛剛，我又幻想起「萬一自己上《閒聊007》的話，最想做的企劃前三名」，浪費掉抽三根菸的時間。

「專心！ㄓㄨㄢ ㄒㄧㄣ！」腦中響起湘北籃球隊長赤木大猩猩的叫聲。

話雖如此，像這樣在深夜裡對著電腦螢幕，整片視網膜持續籠罩在藍光下一段時間後，「欸？我到底想寫什麼來著？」連自己都搞不清楚了。就算想表達的主題已經如剛烤好的土司般從腦中彈跳起來，就算起承轉合的「起」和「合」已像迷失方向飄進房間的蒲公英棉絮一般落在我的左腦，就算一邊大喊「這樣就對了！」手指一邊敲起鍵盤，惱人的「自我意識」還是會立刻纏上手指，讓我忍不住想搔亂頭髮抱怨自己「現在到底是在耍什麼帥！」接下來又是以媲美高橋名人（註：八〇年代日本的電玩名人，以每秒鐘手指能連按十六下而出名）的速度猛按delete鍵，發揮我最擅長的「逃避現實」本領，反反覆覆直到現在。為什麼就是無法行雲流水地寫下去呢？用那麼多沒必要的比喻和修飾幹嘛呢？好想放鬆緊繃的肩膀，

化身為一團自我意識，飛向夜空。

寫下和自己相稱的詞彙。不只是表層透明的水，還要撈起沉澱在底部的爛泥沙，我想寫的是這樣的文章。

自我意識這東西實在棘手。原本以為自己老早前就捨棄那種東西了，沒想到它偶爾還是會像這樣突如其來探頭。比方說，前幾天和合演某作品的演員們一起聚餐喝酒時，坐我身邊的前輩女演員說：「今天早上拍XX那一幕時，我語氣衝了點，不好意思喔～其實是因為這樣這樣那樣那樣，害倫也多擔待了。你一定有發現對吧？」老實說，她講的原因我根本一點也沒察覺。但是下一秒，我立刻扮演起對一切了然於心的懂事後輩，這麼回答：「對啊～那時我就想，妳一定是太累了。」真可怕。幾十分鐘後，坐我對面的後輩女演員又說：「午休結束後，我還是睏得不得了，注意力完全無法集中，和倫也哥對上視線時，心想一定被你發現了，捏了一把冷汗（笑）。」她在說什麼啊？我們什麼時候有對上視線？但是下一秒，我立刻扮演起可靠的前輩，點頭說：「是吧？看妳一副快要去神遊的樣子～不過，這種狀況有時也是難免的啦。」超可怕。

我到底希望自己在別人眼中是什麼樣的人？年過三十還想受異性歡迎嗎？是說，為何她們都把我想得那麼萬能？其實我平常不是在發呆，就是拚命在背自己的台詞，無暇顧及太多啊。真希望大家不要對我抱持過多的期待，因為那樣我就會忍不住耍帥。等到回家之後，又要一個人搔頭苦惱了。

仔細回想起來，我從小就有這個毛病。總是敏銳察覺周遭的人期待什麼，扮演符合別人需求的角色，藉此減輕自己內心的負擔，有時也會做出勉強自己的舉動。熟悉的朋友說「那是因為倫也很溫柔」，但我真的有這麼好嗎？說到底，只是把自己想像成偉大的人，沉浸在自我滿足之中罷了。唉，我這人器量還真小，想想覺得好空虛。都已經寫到這了，才發現連載第一回的原稿好像都在傾訴自己的煩惱，結果再次陷入沮喪。想必又是我的自我意識在搞鬼吧。唉唉，超過答應人家的兩千字了。在這天亮前五秒的現在，我發誓要隨著連載的持續，在不勉強自己的狀況下有所成長，至少要對得起發稿給我的人的期待……

化身為一團自我意識，飛向夜空。

變形記・怪人

唷！　　報告老師，這裡有隻戀屁蟲——

（《達文西》雜誌・2018 年 11 月號）

早上散步回家，一脫衣服，發現米色短褲屁股上黏著一隻綠色的小毛蟲。只見牠扭來扭去，拚命伸縮身體想前進。那笨拙的姿態，很適合配上一個「流汗」的表情符號。大概沒想到自己會跑進人類住的地方，正用牠吃奶的力氣往前爬吧。可惜的是就我看來，這樣的速度進展實在太慢。把左手放在牠前進的方向等，只見牠瞬間露出驚訝的模樣，用力挺起上半身，試圖大膽跨越這個比自己身體大上好幾倍的障礙物。真是一隻勇敢的小扭扭，每一個動作都是那麼地惹人疼。就這樣，我順利完成「手心裡的毛毛蟲」，雙手闔起護著牠，帶到最近的小公園，將牠輕輕放在籬笆上。

牠到底是什麼時候，從哪裡黏上我短褲的呢？沒錯，我散步的路線裡，包括了離家一段距離的大公園。那裡有棒球場，還有噴水池，樹木茂盛，是附近民眾休憩的場所。可是，我是去「散步」，既沒有坐在長椅上，也沒穿梭草叢中。換句話說，我想不出這走起路來慢吞吞的小東西能在什麼時候黏上我的褲子。更何況穿的是短褲，沒有地方好讓牠從地面爬上來。所以是這樣嗎？這小東西縮起身體，把頭朝屁股方向推擠，讓自己像一條彈簧一樣「嘿、呀！」朝我屁股位置發射過來的嗎？還是說這樣？牠躲在一片正在飄落的葉片底下，等葉子剛好飛過我屁股位置時，抓緊這一瞬間「嘿、呀！」跳到我褲子上？這隻毛蟲到底有多愛屁股！一邊想著這些一邊吃早餐，害我差點遲到。「為什麼遲到？」「因為我在思考毛蟲的戀物癖……」這話連法布爾聽了臉色都要發青吧。

我非常喜歡生物。不只狗狗貓貓等寵物，連昆蟲和節肢動物等小傢伙也覺得可愛。前幾天，客廳裡出現一隻小指甲大的黑蜘蛛，我本來想抓住牠拿去放生，沒想到牠可靈活了，從一個暗處逃到另一個暗處，十五分鐘生死鬥後我也懶了，決定乾脆和牠住在一起。還幫牠取了個好聽的名字叫「魯賓遜」，因為「誰也無法碰觸」（註：樂團Spitz名曲《魯賓遜》中的一句歌詞），所以就叫牠「魯賓遜」。自己都恨自己，為何取名的品味這麼好。可是問題來了，我很有可能踩死心愛的魯賓遜。想確認牠的安全，但是就算喊名字也得不到回應，更不可能探出頭來，眨眨那可愛的八隻眼睛說：「我在這裡唷，主人☆」。於是從這天起，身為這個家的主人，我在自己家裡卻非得用滑步的方式移動不可。有夠麻煩。

看到蟲子或蜘蛛不小心跑進房間時，很多人不是一邊尖叫一邊逃出去，就是隨手拿起身邊的東西當武器，打算施展必殺的一擊。只不過是隻小蟲子，不處裡掉就睡不著，這樣的人我也不是沒遇過。對那脆弱的小生命殺紅了眼的心情，我實在是無法理解。要讓我說的話，牠們真是饒富興味的存在。每次看到那些我們人類難以想像的形狀與生態，我都會想「牠們的身體究竟是用什麼方式組成，會對什麼事起反應呢？」好想細細探究那其中的不可思議。即使當今二十一世紀的科技已經如此發達，昆蟲進化的過程依然是個謎。無論是結蛹之後的完全變態，還是昆蟲的擬態能力，其中都有太多進化論說明不了的地方。甚至有人說「昆蟲是從太空中乘著隕石而來的生物，原本不是地球上的生命體」，可見這種生物有多神祕。看吧？聽我這麼說，你也開始感興趣了吧？

儘管我早隱約察覺不是每個人對昆蟲的感覺都跟我一樣，前陣子還是發生了一件落實這個念頭的關鍵要事。一隻蛾，飛進我正在搭的電車。乘客們一臉厭煩，嫌棄地用手揮開四處亂飛的蛾。我用「怎麼回事，讓我看看」的態勢，以熟練的動作伸手抓住了蛾，在下一個停靠站月台上放生牠後，再回到車內時，眾人都對我退避三舍了。看著我的眼光彷彿在說「……你這傢伙做了什麼？」簡直當我是變態。喂喂，給我等一下喔，沒被我迷倒就算了，怎麼會對我倒彈咧？難道我不是降臨於這第九節車廂的彌賽亞嗎？你們不是應該感謝我才對嗎？喔喔，對我的視線視若無睹是嗎？意思是叫我別用這雙手去抓吊環是嗎？

外型詭異的深海魚也好，出來曬太陽的蛇或爬蟲類也好，我都能從牠們身上感受到魅力，而大部分的時候，這「謎樣」的魅力卻無法獲得其他人的共鳴。就這層意義來說，最神祕的生物莫過於人類了。在本能、社會性與貪得無饜的欲望夾縫間搖擺，連自己都無法預測下一秒會出現什麼情緒的生物。原來如此，雙手抓住吊環的我暗自心想，難怪我這麼享受演員這個職業啊。

種子與鎖鏈

（《達文西》雜誌・2018 年 12 月號）

「搞不懂你在想什麼。」常有人這麼說我，大概是從鑽牛角尖的青春期過後不久開始的吧。其實有時我根本什麼都沒在想，然而，看在周遭的人眼中，我似乎是個不容小覷，令人發毛的存在。

「感覺像被你看透了。」受人如此過譽當然也有好處，只是同時招來很多誤解，總讓我因而灰心喪氣。最重要的是，會在與人產生摩擦的過程中受傷。

「你可以多表露一些真正的自己啊。」何謂表露？我已經自認活得坦率，卻被人說搞不懂我在想什麼，到底該怎麼做才對？要是把心裡想的全部表現出來，朋友一定會跑光。難道該那麼做才是對的嗎？

「總覺得，你給人一種隔閡感。」只要活著，每個人都會豎起防禦牆吧？要是輕易信任別人，放下警戒心，肯定一天到晚被利用。每個大人都「不知道到底在想什麼」，社會上也充滿肉眼看不見的不合理。某種程度在自己與他人之間築起一道牆，我認為是在保護自己。

「你可以多依賴別人一點啊。」自己的事情自己做，這是理所當然的吧，我也只是這麼做而已。再說，既然是自己選擇走這條路，就沒道理示弱或抱怨啊？

「一點破綻都沒有。」破綻這種東西只有在被看穿時才叫破綻，要是主動展現，那就不叫破綻了吧？

以上就是二十出頭那幾年，別人對我的評價和我回應的答案。

雖然現在大家都說我「一副從容自在的樣子」，表現得人畜無害，才不過幾年前的我，身上還這樣貼滿了各種標籤，整個人就像插滿倒刺的多角形；同時，那時的我也充滿了煩惱。明明小時候成績單上的評語都是「是個非常活潑、貼心的溫柔孩子，只是有時比較躁動」。當年那個純真無瑕的我到哪去啦？後來的我完全無法信任別人，愈來愈排他，把所有人當成假想敵。

內心燜燒的火種長出扭曲的芽，眼看就要在陰暗角落結出花蕾時——

「開出這樣的花真的好嗎？」

我也想和周圍的人一起聊沒有意義的話題，一起捧腹大笑，過健全的生活。可是，每當感到自己不被任何人需要，我就說不出關於自己的事了。不想被理解，甚至不曾試圖讓人理解，沒辦法好好笑出來。察覺這樣的自卑情結，又覺得自己好像快壞掉了，蓋上蓋子上了鎖，再派一個用理論武裝的守門人。要怎麼樣才能改變自己呢？那些東西是什麼時候緊黏在身上的呢？在陰暗的房間裡獨自思考，找不到任何蛛絲馬跡，只有肚子愈來愈餓。人快樂和痛苦的時候都一樣要吃飯，會睡覺，這麼一想還真有點滑稽。什麼嘛，原來我其實好好地活著啊。

睽違一星期穿上鞋子，走到陽光普照的戶外。

接下來幾乎每一天，我都在前輩們聚餐喝酒時跑去搗亂，也不怕丟臉，見人就問：「我是什麼樣的人？該怎麼做才能輕鬆地笑出來？」四處蒐集線索。自卑感這東西很像一條鎖鏈，回過神時已經掛在脖子上了。鎖鏈的另一頭，拴在名為過去的木樁上。所以，即使過起普通的日常生活，一段時間之後，眼看就要忘記鎖鏈的存在時，又會一再被拉回去，重新面對一樣的煩惱。再次自覺、自厭、放棄一切。鑽進棉被想裝作沒看見，就這樣慢慢忘記。不久之後，一樣的事情捲土重來，一次又一次。看來，為了過健全的生活，就必須吃下這條鎖鏈。想辦法當作養分吸收，轉變為食糧，連過去討厭的自己都要認同才行。即使因為消化不良，一再嘔吐也要繼續。

著手這麼做之後，我才第一次發現真正的自己。想打從心底笑出來，就得先讓別人擁有笑容。看到別人的笑容，我就會感到幸福。那麼，該怎麼做才能讓眼前的人擁有笑容？想放下戒心，拆除牆壁，付出信賴，就必須對別人展現自己不中用的地方，適度依賴別人，說好笑的話……只能努力這麼做。如此左思右想之間，根得到了伸展，曾幾何時我也變成笑容可掬傾聽後輩煩惱的人。原來，我早就獲得提示了。

可是，疲倦的時候，胡思亂想的時候，十年前那條鎖鏈又會閃過眼前。就算現在，我也還在消化自己的煩惱。不是常聽說，人不是那麼輕易就能改變的嗎？即使我還不知道答案，至少我已經知道，不想改變就不可能改變。健全生活的祕訣就是不要侷限任何可能，高舉理想持續挑戰。是那條鎖鏈教會了我這件事。

那麼，再來要開什麼樣的花呢？

剛剛好

睡醒　水汪汪

不給我葵花子嗎？

狀況好的時候

吼——

（《達文西》雜誌．2019 年 1 月號）

沒設鬧鐘就醒來。時間是上午九點八分。這不上不下的「八分」對我來說剛剛好，不是那麼「一板一眼」的一日之初。躺在棉被裡扭動身體，一邊想著剛才的夢代表什麼，一邊又打了個盹。今年春天，我總是夢到自己在被什麼追趕。有時是手持菜刀的陌生大叔，有時是時間。不過最近的夢多半很有趣。像是今天就做了「在母校小學戶外泳池用長柄刷打掃時，排水溝裡冒出滿滿彩色彈珠的夢」。好謎。我雖然不相信算命，但總覺得夢境顯示的是每個當下的精神狀態，夢境內容和平悠閒，醒來精神又好的話，就會很安心。

十五分鐘後，好不容易伸出左手拉開窗簾。透明新鮮的日光斜射入屋內，在房間裡打造出早晨的輪廓。那麼，今天該做什麼好呢？腦中快速安排今天的行程，伸一個大懶腰，順勢從床上翻身起來。好冷。一時之間好想縮回被窩，但拚命忍住了。要是現在躺下去，肯定會睡起回籠覺，睡太多身體反而累。以前的人不知道都是怎麼熬過的呢，住在牆縫漏風的屋子裡，只有草鞋和單薄衣物可穿的時代。是不是大喊「屏除雜念！」舉起木刀揮舞，活動筋骨好讓身子暖和呢。想著這些事，我淋了個四十度的熱水澡。不好意思喔，以前的人。身體從內而外熱起來，連暖氣都不需要。吹乾頭髮，刷好牙，聽電視裡傳出的新聞播報聲吃早餐，吃的是加了穀片的優格。一邊哼歌一邊把堆積在流理台的餐具洗乾淨。前幾天在百元商店買的長柄海綿刷很好用，能把杯子底部刷不太到的咖啡漬確實清掉。聽到杯子發出海豚叫聲就可以沖水了。最後用「激落君」科技海綿擦拭流理台和瓦斯爐四周。亮晶晶。看到廚房變乾淨的樣子，好像連腦子都跟著整理收拾好了，心情很愉悅。

雙手扠腰，站得遠遠的眺望沙發上堆成一座小山的衣物。拜這些傢伙在不知不覺中霸占了沙發之賜，兩人座都變成一人座了，真是傷腦筋。一件一件丟進洗衣機，其中幾件特別折起來放進洗衣袋，盡情享受偏心的滋味。加入比平常多的柔軟精，按下洗衣鍵後，拿起吸塵器吸地。十年前買的二手吸塵器，是牌子連聽都沒聽過的便宜貨，吸力已經不太好了。差不多該買新的替換了吧？電視上接二連三流洩殺人啦、暴力啦等令人憂鬱的新聞。我有個毛病，有時會無意義地陷入思索：「如果自己重要的人遇害，我會怎麼做？」最後得出的答案總是「復仇」，而且是要讓兇手徹底痛苦的那種，就算自己會受到制裁也沒關係。想像中的我是殘忍的，懷抱強烈的破壞欲望。

走出戶外，去商店街買東西。乾燥的空氣在呼吸間奪走鼻腔的溫度，我喜歡冬天的氣味，令中學時代純真戀情與社團活動回憶瞬間復甦的凜冽香氣。肉舖、蔬果行、超市。緩步走在葉子都掉光顯得一身輕的樹木旁，雙手提著裝滿的購物袋。忽然想起忘了買眼藥水，又立刻跟自己妥協「算了，明天再說」。今天就算過得不完美也沒關係，慢慢來就好。回到家，午餐吃簡單的單人小火鍋，吃完的同時洗衣機也完成了任務。用力拍打T恤，衣服才不會皺巴巴的，然後用衣架掛進打開除濕機能的浴室。以前的人都怎麼辦呢？冬天用冰冷的井水手洗衣服，洗得手都凍裂了吧。還得小心翼翼注意不要被火燒到，把衣服掛在火爐附近，一家八口望著從衣服上冒出的水蒸氣……一邊想著這些，一邊吃當飯後甜點的Pino冰淇淋。再來是打掃倉鼠籠。剛睡醒的倉鼠是個醜八怪，眼睛半睜半閉，門牙整個露出來，耳朵下垂，只有鼻子不斷歙動。真可愛。抱歉喔，把你吵醒了。輕輕用雙手捧著牠放進紙箱，快速為籠子進行煮沸消毒。察覺味道不對的倉鼠先是進入戒備模式，隨即露出一副「算了，也沒辦法」的樣子。目送胖胖的小屁股進入籠子後，終於有自己的時間了。讀讀書，欣賞電影或事先錄起來的電視劇，打打遊戲畫畫圖，看看國外足球隊的得分影片，自己跟著技癢起來……吃完晚餐，在浴缸裡思考隔天的台詞。關掉房間燈光，鑽進被窩，時間是晚上十一點三十分。從明日起，又是一連串五點起床的日子。

生日快到了。年底我就三十二歲了。到現在還不習慣在拍片現場，眾人替我盛大慶祝的事，總覺得說不出哪裡彆扭。要是生日當天也能度過跟今天一樣的日常就好了。工作空檔收到兩、三封跟我說生日快樂的信就好了。當天晚上，心中也能上映一場色彩繽紛的夢就好了。

不要視為理所當然。不要迷失自己。

這種程度的幸福，對現在的我來說剛剛好。

のんびりと。

悠悠哉哉。

嘴角上揚

展望

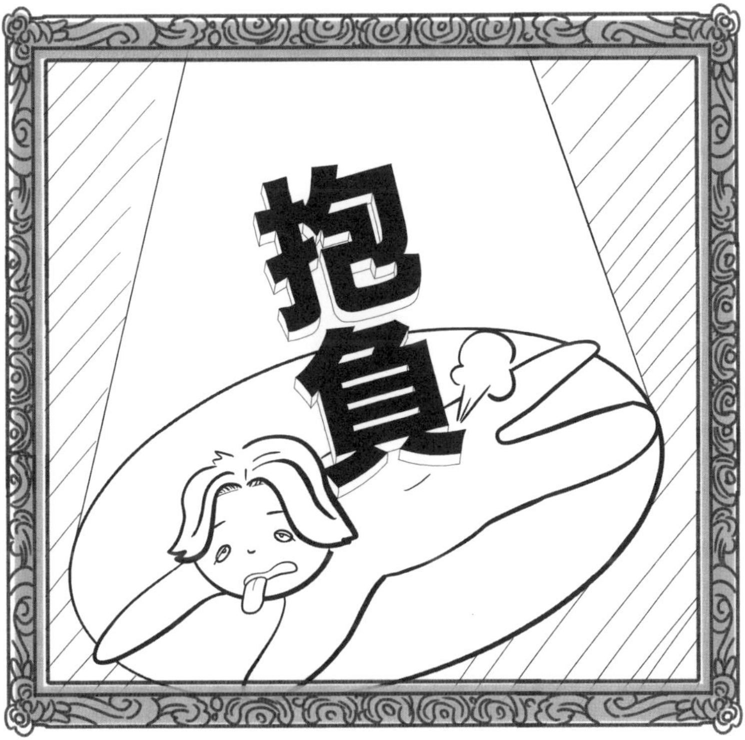

（《達文西》雜誌・2019 年 2 月號）

聽說新的一年來臨了。

恭賀新禧，今年也請多多指教。話是這麼說，寫這篇文章的現在才十一月底。別說大掃除，連聖誕樹的影子都還沒看到，還差一步才算年底。

連載原稿這種東西，說來真像「寫給未來的信」。這當中的時差，總讓我有點難為情，又有點擔心。這封信能好好投到未來的信箱裡嗎？打開來讀的時候，會讓人嘴角上揚嗎？到那時候，我自己也笑得出來嗎？我有個棘手的壞毛病——老是毫無預兆，不明原因就消沉到谷底，認為自己過去創作的一切都是毫無價值的東西。這樣的我，沒把握一個多月後的新年之始，自己是否能抬頭挺胸面對現在寫的「這封信」。明天後天的事也就算了，是明年耶……

未來會怎樣誰也不知道，再說，繼續這樣不乾不脆下去只會掃讀者的興，所以我決定按下心裡的Enter鍵，試著開始新的段落。

正因為我是這種個性，年底接受採訪時最困擾的就是被問到「新年展望」了。前幾天，《日經TRENDY》雜誌預測的「代表明年二〇一九年的名人」，我有幸上榜，大概是因為這樣，今年被問到這題的機會也大增。二〇一八年對我來說，確實是變化劇烈的一年。和過去相比，受到關注的程度三級跳，隨便講什麼話都會馬上被寫成網路文章，受到眾人廣傳。只能說感激不盡。可是，在這種情形下問我明年的展望……我也不知道……這麼一想，將近十年前，參加某電視劇製作發表記者會時的事浮現腦海。當記者問我「請用一句話表達您扮演的角色」時，我整整苦思了五分鐘。「一句話……呃……呃……」最後給出的是「無法用一句話表達」這種爛透的答案，只能說是浪費人家時間。當時太老實了，我為此深深反省。到底有誰會想知道知名度低的年輕演員怎麼回答這個問題呢？事後沒有半篇新聞提到我的答案，這不就是最好的證明嗎……對老實又多慮的人來說，「一句話」也好、「展望」也好，聽起來輕鬆的詞彙卻是沉重的負擔。

現在我臨時想到一個對未來的展望，那就是希望兩天後舉行的脫口秀能順利完成。不過，那也不是明年的事。啊，這麼說起來，會舉行這個脫口秀，原本就是為了鍛鍊「因應各種場合的發言能力」。從二〇一五年開始不定期舉行的「中村倫也輕快脫口秀」，後天就是第六屆了。最早決定舉行這個，就是因為我實在受不了自己的表達能力，前面提到的製作發表記者會正是其中代表。上綜藝節目宣傳時，主持人好心做哏給我，我卻看不出來；或者，有時只要做出普通反應就好，我又心急著想「得做點什麼才行！」結果變成變化球的大暴投。要不然就是想裝傻搞笑，結果對方完全沒發現，還反問我「這句話是什麼意思？」……這樣下去可不妙！預料往後會有愈來愈多「沒人幫我準備好台詞的發言機會」，才想找個地方鍛鍊自己的表達能力。當然也有人說「演員不用想這麼多」，但我總覺得，難得人家找我去上節目宣傳自己演出的戲，多少也該做出一點貢獻才是。要是能讓人覺得「這傢伙講話很有趣」，賓主盡歡不是很好嗎？話雖如此，脫口秀上光是講話主軸太薄弱了，所以從企劃、架構、演出、影像到周邊商品設計，我全都一手包辦。和能依賴角色與劇本力量的演員工作不同，我為脫口秀設定的概念是「中村倫也的表現方式」。感覺像頭上裝一個水龍頭，打開水龍頭，沐浴在自己流出的髓液中。只是一旦做到了這個地步啊～非做不可的事還真是多。老實說，這次也利用拍戲空檔準備脫口秀的事，忙得我頭暈腦脹。可是，被自己的目標和理想勒住脖子這種事，我還滿不討厭的喔。既然要做，就要大大超出觀眾的期待，讓大家心滿意足才行。不但如此，做出來的東西更要稍微出人意表，繼續以我的方式背叛大家的想像。

我覺得娛樂事業和惡作劇很像。我一邊準備，一邊嘴角上揚，想像自己做出能讓大家嚇一跳又帶來歡樂的東西。那個瞬間最好玩了。準備時嘴角上揚，交出成果時忐忑不安。等著接收成果的觀眾上揚著嘴角期待「那傢伙這次不曉得又要拿出什麼東西來」，為了超越他們的期待，我也上揚著嘴角準備。這種共生關係再理想也不過。脫口秀也好，正在拍攝的電視劇也好，二〇一九年的每一個作品也好，若用一句話來表達我的人生，或許就是「自己嘴角上揚，也讓觀眾嘴角上揚」。

……咦？這就是所謂的「展望」嗎？可是，說「我的展望就是嘴角上揚」

會被當成笨蛋吧。總而言之，先把明年的展望定為「維持現狀」好了。嗯，首先後天要順利讓大家嘴角上揚才行。怎麼？我不是對明天後天會發生什麼事都沒把握的人嗎？

嘆口氣，靜靜按下內心的Enter鍵，整理好文章的段落。

未來的事終究沒人知道。所以，只能用力綁緊鞋帶，先踏出一步再說了。

灌注

鞋子太小了腳尖好痛　　　　你不是說穿 26.5 嗎？

仁義就是戰鬥　行孝殊死戰篇

（《達文西》雜誌．2019 年 3 月號）

說來丟臉，開始意識到「孝親」這件事，是過二十五歲之後的事了。儘管成年離家後，早已充分感受到父母的可貴，說到孝敬父母，總是心想「孝敬父母？嗯，總有一天吧，畢竟現在光是自己的生活都快顧不好了啊」像這樣找各種理由逃避。然而，在我二十六歲那年，祖母過世了，有生以來第一次看到父親的眼淚。從那天起，我開始思考「身為兒子的責任是什麼」。

話雖如此，我家爸爸不太提他自己的事。要是平常他就會把「想要那個」、「幫我做這個」掛在嘴上的話，孝敬起來一定更有成就感。但是，父親總是冷靜沉著，思慮周延，就連興趣也只是散步或整理庭院，過著低調到不行的退休生活。到底買什麼送他才能博得父親的歡心，我實在想不出來。

為了打探線索，我把他帶到老家附近的蕎麥麵店，結果他反而擔心地問我：「國民年金繳了嗎？有沒有好好吃青菜？」「沒問題，我有好好照顧自己啦。」今天就先別管我怎麼樣了，讓我聽聽你的事吧。「有沒有想去哪裡旅行？」「比起那種事，你下次什麼時候回來？」老爸啊，你也稍微察覺一下兒子的心思，不著痕跡地幫我個忙嘛，不習慣被孝敬的父母就是這樣才教人傷腦筋。心想至少這餐我請客，拿出錢包時，父親只有一句話「不用」，絕對無法忤逆。連想出個三千五百圓都被拒絕，你也站在做兒子的立場想想好嗎？我真的這麼讓你操心嗎？

既然如此，只好送「絕對不會造成收到的人困擾的東西」了。父親生日前，我問到他鞋子的尺碼，買了健走鞋。這雙鞋有著灰底卡其條紋，風格成熟洗練。第一次送禮物給老爸，總覺得有點緊張。不曉得開箱試穿後，父親會有什麼反應。為了確認穿起來的感覺，他穿著新鞋在家裡客廳繞了一圈說：「這雙鞋太小了，腳尖好痛。」欸，是你自己說穿二十六號半的啊！彼此光腳並排一看，老爸的腳比穿二十七號的我還大。幾十年來都搞錯自己鞋子尺碼嗎？你的思慮都周延到哪去了呀。

去年底，因為擔心天氣太冷身體出毛病，我決定送一件羽絨外套給他。選的是耐穿又溫暖的名牌貨，好讓他穿去哪裡都不怕丟臉。問題是，我已經完全無法相信這位自稱穿M號的男人了。事前瞞著老爸回家一趟，從他衣櫥裡拉出忍不住驚呼「這件到底穿幾年啦？」的乾癟羽絨外套試穿，用自己的身體記住尺寸，這才前往店家。「肩膀比我寬一點……腰圍要再鬆一點……」像這樣請店裡的人幫忙，花了好一番時間謹慎選購。非常完美。收到這件禮物，他一定會很開心。沒有事先聯絡就回家，將這意外驚喜交到父親手上，終於看到他露出羞赧的笑臉說「謝謝」了！尺寸也剛剛好。看吧，你明明就是穿L號。儘管這麼貧嘴，長到三十二歲，我總算踏出了孝敬父母的第一步。

我們去看過流星雨。

那是小學六年級的冬天，半夜被爸爸叫起來，在半睡半醒中搖搖晃晃搭了幾小時的車。來到伊豆半島某處防波堤，用睡袋裹住身體，嘴裡哈出熱氣暖手，眼前出現了流星雨。遼闊夜空中，視線所及之處，乍現的流星轉眼滑落，拉出一道一道光之軌跡，彷彿朝同一個方向泅泳的魚群。和站在距離很近的地方看煙火一樣，我總擔心發光的碎片掉在身邊，光想像就害怕。隔天，第一次在睡眠不足的狀況下去上學，整天都恍恍惚惚精神不濟，懷疑自己其實做了一場夢。昨天和今天之間，或許夾了「全世界只有我們擁有的特別的一天」，這感覺令我自豪。

仔細回想，從小老爸就會帶我們去各式各樣的地方。現在我也到了該成家立業的年紀，若問自己是否願意為家人犧牲假日，老實說我無法想像。假日一定只想好好休息吧。父親灌注在我身上那數不清的愛，該怎麼做才能回報。

新年期間，照慣例出席了親戚聚會，看到正在喝暖呼呼綠茶的老爸，身上穿的還是那件乾癟的舊羽絨外套。喂，給我等一下，「兒子我大手筆買的那件咧？」「捨不得穿。」這什麼少女情懷！你是白色情人節收到心愛的他回禮的巧克力卻收在抽屜捨不得吃的國三少女嗎！我看我還是放棄孝敬父母這件事好了。

晚上，並肩站在老家陽台抽菸時，老爸一邊往菸灰缸裡彈菸灰，一邊低聲嘟噥：

「看來你最近工作已經上了軌道，這樣我也能放心過幸福的退休生活了。謝啦。」

什麼嘛。現在是怎樣嘛。

老爸快步走回房間，總覺得現在跟著他回去會很難為情，強忍寒冷，摩擦指頭，再掏出一根香菸點燃。抬頭一看，溫柔包圍我們的夜空如今也還在那裡。

靠走廊，後面算過來第二個男人

當時的中村長這樣！

說到做自己，那不就是嚕嚕米的阿金。

山本同學好做自己喔⋯

便服

制服

（《達文西》雜誌・2019 年 4 月號）

剛上高中那陣子，我超想成為受異性歡迎的人。原本個性害羞沒膽又自我意識過剩的我，當時連看著女生眼睛說話都不敢，趁上高中機會脫胎換骨的「高中出道」計畫完全失敗。想盡辦法試圖「再次出道」，一天到晚都在分析「班上最受歡迎的山本同學為什麼那麼受歡迎？」在眾人歌詠青春的學校裡，只有我一個人彷彿為這件事殺紅了眼，自己都毛骨悚然。但是，青春期男孩對事物追根究底的欲望和對異性的色心都不是能輕易止住的東西。我總是坐在靠走廊，從後面算過來第二個位子，目不轉睛地觀察坐靠窗位子，沐浴在陽光下與笑聲中的山本同學。一路觀察下來，有了幾個發現。第一，「山本同學不在意別人的眼光！」想搞笑的時候就盡情搞笑，開心的時候肆無忌憚狂笑，一睏起來又頂著一臉不爽的表情睡到肩膀搖來晃去。換句話說，就是我行我素做自己。第二，「山本同學好像很有型！」他功課沒有特別好，體育成績也不是特別出色，只是天生就懂得打扮，加上深厚的音樂造詣，又懂各種好玩的事，所以總是給人「引領潮流」的感覺。最後一點，「班上男生都關注著山本同學的一舉一動！」具有領袖氣質的男人，總讓其他人不由自主看他的臉色，這在動物群體中應該是天經地義的事吧。自己搞笑時的裝傻或吐嘈，看在山本同學眼中及格嗎？自己後頸髮尾留這樣夠長嗎？該不該買炒麵麵包吃咧？就像這樣，周遭的人和他說話時，往往下意識地想討好他。此外，雄性中的領袖特別吸引女生注意，在動物群體中也是理所當然的事！就這樣，我透過研究歸納出一個哲學，那就是「世界上的人分成兩種，一種是看別人臉色的，一種是被別人看臉色的。而被別人看臉色的男人受異性歡迎，永遠是眾人話題的中心！」

大前提當然是那個人本身夠有魅力，但是，當身邊的人表現出看他臉色的樣子時，那個魅力將得到加倍的襯托。當我成為演員之後，又在這個哲學上多加了一條「演主角的人，在作品中就不用說了，連私底下都是眾人話題的中心」。也就是說，從一心想獲得異性歡迎的高中時代，到一心想當主角的菜鳥演員時代，我一直都嚮往成為「被別人看臉色的存在」。

最近經常聽到的詞彙是「不好意思」。

例如拍片現場的不經意對話。因為幾分鐘前彩排時，覺得自己演技不太到位，我一手拿著劇本思考，向工作人員提出詢問：「這場戲，我有點不確定對話的語氣該怎麼拿捏，在你想像中應該是什麼樣子的呢？」「……不好意思，台詞寫得太不精準了。」「欸？不是的啦！我單純只是想聽聽大家的意見做參考啊……」

另一天。某場有肉麻台詞的戲，我做足帥氣表情，卻稍微吃了螺絲。「剛才這樣觀眾會發現嗎？還是重拍一次比較好？」我提心吊膽地問，沒想到副導演卻立刻大聲說：「不好意思，是我們的錯！」欸？不是的吧？真的假的？該道歉的人不是我嗎？我不要道歉比較好嗎？

我似乎在不知不覺之間成為「被看臉色的人」了。難道學生時代始終沒有達成的「高中再次出道計畫」，歷經十七年的歲月，終於展現成果了嗎？我終於成為眾星拱的那顆月了嗎？想盡可能拉近與山本同學的差距而去穿了不適合自己的耳洞，這段黑歷史總算能洗白了嗎？原本以為嚮往已久的「窗邊的位子」坐起來會很舒適，沒想到……怎麼說呢，這種心情。人家一道歉，對話就此中斷，往往讓我心裡有種說不出的尷尬，自己的失誤被包庇時，也會很想找到正確的開口方式。被別人看臉色真教我坐立不安。比方說，有人拿椅子請我坐，我只好說自己「喜歡站著想事情」，婉拒對方好意（其實明明很想坐下來）。遇到誰稱讚我，也會馬上轉移別的話題說「對了，上次那個啊……」（其實明明很想被稱讚）。忽然發現「大家這麼看我臉色，我會不會被當成難搞的男演員了啊……」不由得擔心起來（這樣已經夠難搞了吧）。

明明是一直以來渴望的東西，現在這份心情該怎麼說明才好呢？有點像成為大人之後，即使已經可以去服務周到的高級餐廳吃飯，卻沒來由地想吃速食。又像莫名懷念小時候開著浴缸熱水龍頭，卻在等熱水裝滿時睡著，被爸媽罵的事。以前的我要是提出關於演技的疑問，「不，我告訴你，這裡就要這樣……」各路大叔都會像這樣熱情提供意見。要是工作上犯了失誤，也總有人會好好指責我一頓。

對了，這就是不安吧，又或者是寂寞。

過去那個得不到想要的東西時歸納出的哲學，現在再次用自己的方式重新改寫。

「演主角的人，在作品中就不用說了，連私底下都是眾人話題的中心。而那個站在眾人中心的人，讓別人看了自己多少臉色，就該付出更多努力照顧周遭的感受！」

坐在靠走廊後面數來第二個位子的我，目不轉睛觀察換座位後抽到窗邊位子的我。

再現。

復刻。

靠走廊，後面算過來第二個男人

房間

以及我想飼養的動物們……

綠太平洋鸚鵡

豹紋壁虎

荷蘭垂耳兔

（《達文西》雜誌・2019 年 4 月號）

今年春天，因為公寓租約正好到期，就在考慮搬家的事。現在住的地方是位於一樓的小套房，大門沒有自動鎖。打開落地窗走出陽台，眼前就是人來人往的商店街，公寓本身也已經有十五年的歷史。「你好歹是個明星，怎麼住這樣的地方？」現在的住家或許會引來這樣的批判，但我個人對這個走路到車站只要五分鐘，附近有肉舖和蔬果行，連寵物用品店都很近的房子沒有任何不滿。再說，這條商店街似乎是附近幼稚園小朋友散步的固定路線，晴朗的平日上午，孩子們戴著一樣的帽子排成一列，一邊走一邊拍打我房間陽台的欄杆，那天真無邪的噪音實在很療癒。可是最近，「您是……中村先生嗎……？」連離家最近的便利商店裡日語說得不是那麼好的店員都認出我了。從這個狀況看來，今後難保不會發生什麼無法預料的麻煩事，難免也會給鄰居添麻煩，為了避免事情演變成那樣，或許真該找個保全好一點的公寓住進去。於是，我開始每天利用工作空檔尋找喜歡的住處。

搬新家最期待的就是選購家具家飾了。盯著格局平面圖決定配置，嘴角忍不住上揚，這段時間最是開心。我理想中房間的主題，是摩登與復古的融合。換句話說，就是在現代都會感中融入時代感與植物溫度，兼具城市與古典的工業風室內設計。「換句話說個屁呀，完全聽不懂你想表達什麼啊！」不要緊，因為我也不太懂自己想表達什麼。為什麼時髦的詞彙總是外來語呢。總之簡單來說，就是打造整體呈灰色系，簡潔又有男人味的風格，擺上融合鐵件的木製家具，再參雜一些古董老物，種些植物，這就是中村我喜歡的混搭型房間啦。二十歲剛開始一個人生活時嚮往的，我印象中屬於大人的「成熟穩重療癒空間」。結束工作回到家的男人，在黑膠唱盤上放下唱針，靜靜聽著從喇叭中流洩而出的小品爵士樂。在間接照明柔和的燈光包圍下，喝杯威士忌，閉上眼睛，身體深深埋進沙發。呵呵，光想像就覺得有幹勁工作了。得去買威士忌才行。

也有想挑戰的事。那就是我長年來的夢想——壁掛式電視機和牆面收納DIY！至今看過好多「DIY部落客」的網站，在我的想像中，幾乎已經可以獨力完成施工流程，躍躍欲試地想著「差不多該付諸實行了」。去家用商品量販店買木材，租一輛小貨車載回家。用鋸子調節木材長度，用刨刀將表面刨平，再裝上「DIAWALL」公司出的頂天立地柱，就不怕傷到牆壁和地板。組裝骨架，鎖上壁掛電視用的五金，外罩古董風貼皮，把亂糟糟的電線和視聽相關機器隱藏起來。最後在天花板裝上嵌燈。完美！

還想在陽台上打造一個小庭院，是像龍安寺方丈石庭那樣帶有少許綠意的枯山水庭園。為了確保排水管和避難路線的暢通，得先釘一個外框，再在裡面鋪上白沙和石頭，沙上描出紋路，周圍配置苔蘚和盆栽。旁邊放一盆睡蓮，水裡養殖青鱂魚，營造出養耕共生的生態群落。沐浴在晚風下，感受著四季更迭，讓人放鬆休憩的場所。

腳踏車式的室內健身車則放在可以看到電視的地方，可以一邊讀劇本一邊踩飛輪，說不定就能養成新的運動習慣。畢竟我們做演員這行的，身體健康就是資本，得隨時保持在最佳狀態才行！

就這樣，我把自己理想中的住家寫成散文寄給責任編輯後，馬上接到對方打來的電話。

『中村先生，很抱歉打斷您對新居的種種想像，可是，這些內容您以前在別本雜誌連載中已經寫過了耶……』

「……欸？」

話筒裡傳來翻閱紙張的聲音。

『我看看喔～找到了。是兩年前的雜誌，當時你寫道「目標是用木質家具和間接照明，打造出有成熟男人性感氣息的房間」。還說「想DIY電視櫃」，最後以「成熟男人的床底收納該放什麼好呢？」總結，還記得嗎？』

記憶復甦了。沒錯，我是這麼寫過。應該說，那寫的不就是我現在這間「小朋友拍陽台欄杆」公寓嘛。滿面笑容地寫了一千五百字相同內容的我，難怪覺得這次下筆如有神助，說來也是理所當然的事，畢竟一樣的東西都寫過一次了。見我沉默不語，電話那頭貼心的編輯還朗讀起了兩年前那篇散文。感覺得出自己的臉紅得發燙，想當場大喊「別說了！」大概察覺我的心情，編輯笑著說：

『中村先生您真是一點也沒變呢，應該可以這麼說吧。』

要是眼前有洞，好想立刻鑽進去。床底收納就是為了這種時刻存在的吧？

呼吸

（《達文西》雜誌．2019 年 4 月號）

「啊啊，該換氣了。」

聽見自己不經意脫口而出的話，男人愣住了。那正好是工作結束，一個人在休息室裡準備回家的時候。

的確，男人這陣子一直沒放假。不，正確來說是一直沒有休息。深切體認到「這就是所謂正值壯年吧」。再加上離開工作兩、三天就立刻陷入不安的個性，他也知道自己是個毋庸置疑的工作狂。以結果來說，唯有看著規規矩矩用不同顏色區分，密密麻麻寫滿預定工作計畫的五乘七行事曆手冊，才能獲得自己被這個世界需要的安心感。然而現在卻這樣……「該換氣了？我嗎？」在被誰看見前，男人匆忙收回這一邊窺探男人臉色，一邊在屋子裡四處飄盪徘徊的四字獨白，趕緊藏進手提包深處。

即使隔著後座毛玻璃望出去，東京的夜晚仍十分明亮。平常總對那超乎必要閃爍的霓虹燈感到厭煩得不得了，這天，這平凡無奇的光景卻發揮了讓他冷靜下來思考的作用。就像違抗頻頻出現的禁止迴轉標誌一般，男人望向被自己忽略了好一段時間的「無自覺」，戰戰兢兢伸出手。

「工作很開心，雖然不是沒有煩惱，但很有成就感，也有很多人對我抱持期待。承受的壓力也自認好好消化了。那麼，到底還欠缺什麼呢？」

說得好聽一點是抗壓性高，說得難聽一點就是感覺遲鈍，他很清楚這陪伴了自己三十二年的個性。正因如此，如果現在不正視身體發出的警訊，好好除掉煩惱的根源——儘管這話說來丟臉——他敢肯定絕對會導致無可挽回的後果。就像把糾纏不清的耳機線解開需要花一點時間一樣，在舉手投降之前先下手為強。盡可能簡單掌握並管理煩惱與不安，對他而言，這是為了生存下去必須做的事。

「下意識說出『該換氣了』這句話，一定是表示自己沒有呼吸到足夠的氧氣。」搬出隱藏在話語背後的意思，反覆思索。「是不是呼吸時吐出太多氣，沒有好好吸氣呢。這麼說起來，最近一次在戶外吸飽整個胸腔的空氣是什麼時候的事了？我知不知道季節已經改變了呢？」

男人在行事曆中離現在最近的空白處，用新的顏色寫下粗體字的「散步」兩字。

那天是發表新年號的日子。當眾人的注意力都放在這新時代的序幕時，男人只是一個人在外面散步，讓身體沐浴在宛如新芽的風中。春日正盛，陽光怡人，就像陪伴在孩子身邊，溫柔包容的母親。就連不知名小鳥嬉鬧的聲音，今天聽起來也像在歡唱什麼。發現一株不斷往上攀升，看似搖搖欲墜的藤蔓植物，指尖輕撫那小小的葉片。天空很藍，乳白色的雲朵晃悠飄過。

穿過住宅區，順著河邊整排的櫻花樹走進公園，來到一處開闊的廣場。「一點都沒變啊」，嘴裡如此低喃，走向生鏽的綠色圍欄，窺看後方大片的操場。這裡對男人而言是很重要的地方。中學時代，和夥伴們在這裡一起流汗，揮灑青春。那時，足球就是他的全部。滿心只想踢好球，再怎麼氣喘吁吁，也要和夥伴們一起追逐那顆球。喜歡的事就盡情做到心滿意足為止，忘了時間，在操場上奔馳，直到驚覺天色暗下，周遭一片漆黑。

那天，凝視城市裡流轉的霓虹燈時，他想起的就是這個地方。每當想重新檢視自己，他總會來到這裡，從回憶中獲得力量。

長大之後，光做喜歡的事是不行的。想把喜歡的事當成工作並持續下去，有時必須靠各種藉口讓自己奮發圖強。強裝笑容的次數也增加了。可是——

隔著圍欄，當年的自己就在那裡。

我問自己，是否還好好擁有當時的純粹？「想做得更好」，這單純的欲望仍舊在自己心中嗎？是否因為忙碌，而把最重要的東西趕到心底最深的地方了呢？

不經意聽見孩子們吵吵鬧鬧的聲音，驀然回神，視線回到眼前，映入眼簾的是無人的操場，櫻花瓣飄落一地，形成粉紅色的斑點。

不知何時起了風，變得有點冷。不曉得時間經過多久了？回過頭，看到的景色使我忘了呼吸。火紅夕陽渲染天空，背光的雲朵形成群青色的陰影。從小，我就最愛抬頭仰望這片天空……

多久沒像這樣佇立眺望夕陽了呢？慢慢地，仔細地，欣賞顏色不斷變換的天空。

最後，男人用力深吸一口氣，然後短促而用力地呼出來。回頭轉身，向這片內心的原鄉景色道別。

グラウンドにて。

在操場上。

著迷

粉碎！！

啪嘰

（《達文西》雜誌．2019 年 7 月號）

不記得這個習慣最初是怎麼開始的了，大概持續到我上小學三年級前，我家每個月第二及第四個星期六的晚上，一家四口都會去外面吃飯。

傍晚五點多，吃晚餐還有點嫌早的這個時間，全家跳上父親駕駛的褐綠色豐田可樂娜，前往離家十分鐘左右範圍內的家庭餐廳或蕎麥麵店，有時也會奢侈一點去吃迴轉壽司。開向餐廳的車上，坐後座的我老是對父母和大我兩歲的哥哥搗蛋，但他們也總能把我收拾得服服貼貼。討厭吃青菜的我，只有這天可以自由選擇自己想吃的東西，除了享受這份特別待遇外，回程的例行公事也同樣令我滿心期待。

飯後，我會和哥哥在停車場猜拳。要是哥哥贏了，我們就得繞道模型店，兩兄弟獲准各買一個五百日圓以內的玩具；要是我贏了，我們就會去錄影帶出租店，除了父親之外，母子三人各租一片自己喜歡的錄影帶。這就是我最愛的例行公事。猜拳的結果，我贏的機率高達七成。因為哥哥有個「第一次一定出剪刀」的習慣。不可思議的是，都已經因為這樣連續猜輸了，為什麼他還是沒發現。哥哥就是這麼一個剪刀愛好者。輸給年紀比自己小的我，每次都真的很不甘心的剪刀信徒哥哥，和絕對不會洩漏哥哥這個祕密的小聰明弟弟。有時我甚至覺得他好可憐，故意出布輸給他，但是不管怎麼說，就因為這個緣故，當時我們全家一起租了好多錄影帶，看了好多電影。

我通常選小孩子喜歡的動畫電影，哥哥則喜歡選哥吉拉、卡美拉等特攝類電影，媽媽總是選西洋片。隔天星期天，家裡客廳就會舉辦一場自由參加的電影放映會。《巴格達咖啡館》、《刺激一九九五》、《阿甘正傳》、《火線追緝令》……當然，那時我還無法理解全部內容，只是回想起來，從小就受到許多電影薰陶。

某天，按照慣例猜拳時我贏了，無視流下不甘淚水的哥哥，我未經深思地選了一部迪士尼動畫電影。沒想到，那部電影裡充滿各種魅力元素，緊緊抓住小男孩的心。像是，只有被選上的人才能進入的洞窟、能在空中自由飛翔的魔法地毯、實現三個願望的神燈精靈。那個原本被人當作小偷瞧不起，卻在喜歡的女孩遇難時帥氣前往搭救，與壞人應戰後終於成為英雄的少年，展開了一場令人手心冒汗的大冒險。

宛如自己也進入電影之中，我半張開嘴緊盯著真空管電視，視線著迷地追著畫面跑。「如果換成自己，要許什麼願呢」，天馬行空的想像，令內心雀躍不已。跨坐在沙發靠墊上，假裝自己也跟著翱翔天空。不用說，一旁的哥哥也一起。最後，等片尾字幕播畢，注意著磁帶不要打結，小心翼翼拿出錄影帶，放回盒子裡。藍色盒子上寫著片名——《阿拉丁》。

那之後，過了二十五年。

六月七日上映的真人版《阿拉丁》電影豪華配音版，由我擔任主角阿拉丁的配音。

真的是，沒想到。少年時代偶然相遇，深受感動的作品，經過漫長歲月後再次重逢，而我竟然能扮演主角，這種事誰也想像不到吧。當時寫下的願望清單裡，可沒有「把我變成阿拉丁」這條。在感覺人生著實有趣的同時，也深深感謝自己有個不擅長猜拳的哥哥。

喜歡電影的調皮男孩長大了，成為一個演員。老是出剪刀的笨拙少年也已經成家，過著幸福和樂的家庭生活。錄影帶從世界上消失了，取而代之的是DVD和Blu-ray的出現。記憶中每週六去租片的錄影帶店，曾幾何時變成了洗衣店。

這次，確定擔任阿拉丁的配音後，正式進錄音間前，我看了還沒上字幕的電影正片，內心萌生至今從未有過的念頭。

真心希望觀賞這部作品的孩子們，和當年的我一樣著迷。堅稱抱枕就是魔毯，在腦中帶自己前往各種地方。眼神閃閃發光，想像著自己要許哪三個願望，並在長大之後的某個瞬間，不經意地想起這件事。那有如珠寶盒般的記憶，就是我想送給孩子們的禮物。

身體與心靈在成為大人的過程中逐漸改變。出生成長的城市也會在不知不覺中變樣。可是，無論時間經過多久，兒時對某樣東西著迷的體驗，永遠都不會消失。

衷心期盼這部作品與我的工作能扮演這樣的角色，我注入了自己的靈魂。希望哪天有人帶著閃閃發光的眼神告訴我：「小時候好喜歡那部《阿拉丁》喔，您就是配主角聲音的中村先生吧？」現在的我，夢想著哪天能有這樣的「相遇」。

靈異與科學

遇到鬼壓床的人臉上是什麼樣的表情呢？

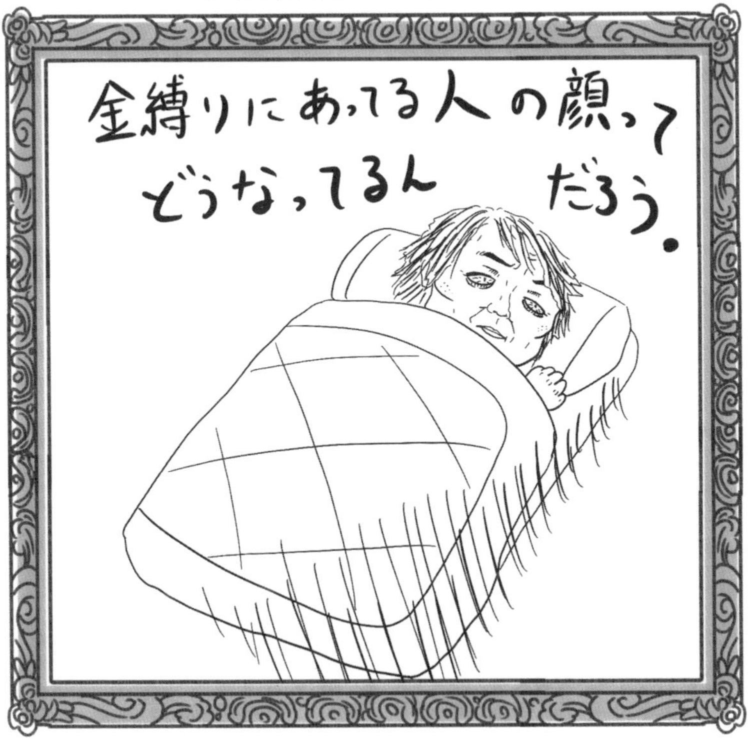

（《達文西》雜誌・2019 年 8 月號）

基本上，我認為「世界上沒有鬼」。

世間充斥的各式各樣靈異或超常現象，大都是「自己想太多」。早有研究證實，人類的大腦輕易就會產生誤會。比方說，人類具備一種能力，只要看到倒三角形上有三個圓形，就會將那看成一張「臉」。這稱為「輪廓誘導現象」。「天花板上浮現一張人臉，用怨恨的表情看著我……」之所以說出這種蠢話，就是把木板上的年輪痕跡看成「人臉」，典型的輪廓誘導現象。此外，像是遇到害怕地說「只要一進入那棟建築物就打寒顫」的人時，我就想跟對方說：「這可能是人類無法辨識的低頻聲對身體造成的影響，要不然就只是你想引人注意而已。」或者，遇到明明沒人問他，卻自己語帶得意地說「我有點靈異感應能力喔」的人，我也想跟對方說：「你還是好好吃飯，好好運動，好好睡覺吧。」

「那種事大家都知道，但你就不能站在娛樂的角度享受這些靈異話題嗎？」這類意見也不少。沒錯，對喜歡靈異話題的人來說，我這種人大概很無趣。我自己也這麼認為。可是，有一件事希望大家知道，那就是——看到或聽到這類靈異事件時，我害怕的程度大概是普通人的五倍！那些鬼故事！我最討厭了！晚上會睡不著啊！所以，只有看到根據科學說法提出否定的網站，我才能獲得內心的安寧！

絲毫不顧我這樣的心情，每年夏天電視台一定會推出與靈異畫面或鬼故事有關的節目。老實說，我很困擾。因為，總是忍不住就看下去了啊。看完只好用音速衝去洗頭。那些「在熱得睡不著的夜晚，用靈異怪談清涼一下吧！」的理論有多破綻百出，世間的電視節目工作人員難道都沒發現嗎？這種理論跟說「感冒發燒就在身上淋冰水！」沒兩樣啊。即使體溫因此下降，卻會引起心跳加速等其他有礙身體健康的症狀。看完之後，我連電燈都不敢關就鑽進棉被，告訴自己「那種照片，一定是合成的ｗｗｗ」、「那段影片，一定是哪裡的大學生開玩笑做出來賣給電視公司的吧？ｗｗｗ」腦中大量使用平常不會用的「ｗ」，毫無根據地自行做出節目製作方式的推論，裹著棉被死命想讓自己保持冷靜。

順帶一提，我常遇到鬼壓床。真的是什麼跟什麼嘛。

沒記錯的話，第一次的鬼壓床經驗發生在十八歲那年冬天。躺在老家床上睡著時，身體忽然緊繃僵硬，除了眼球之外，其他地方完全不能動。也發不出聲音，完全陷入「怎麼回事怎麼回事怎麼回事怎麼回事！」狀態。換句話說，就是非常混亂。瞄一眼床旁時鐘，兩點十五分。豈不正是丑三之時（註：丑三之時相當於半夜兩點到兩點半，是日本人認為最容易遇鬼的時刻）嗎？耳邊傳來電視畫面呈現無訊號雪花時的雜訊聲，而且愈來愈大。感覺得到房間某處有股視線盯著我，內心大喊「媽媽——！」這是從小大到我做恐怖惡夢時的反射動作，可惜睡在另一個房間的母親當然聽不見。「啊、這麼說來，好像在哪讀到過，這種時候只要腳拇趾用力，就能解除鬼壓床狀態」。想起這件事，我冷靜試著做了，果然身體瞬間重獲自由。那天晚上，後來我是怎麼把房間大燈打開，在燈火通明的房裡，背部緊靠牆壁，不露出任何死角，以打PlayStation的方式逃避現實直到天亮的事，就不用多說了。

從此之後，一年裡總要遇上幾次鬼壓床，最近這一年來，次數更是壓倒性地增多。已經到了一週七天裡，有三天都是鬼壓床之夜了。不只如此，一個晚上兩次三次都是常有的事。剛開始我每次都很害怕，慢慢地連害怕都嫌麻煩，到現在更是演變為「喔喔，好啦好啦，快點弄一弄快點結束嘿」，完全是鬼壓床界的老鳥了。

只是，總覺得放著不管也不是辦法，就用我擅長的方式調查了一下科學見解，結果找到正符合我狀況的解釋！

「一般來說，人在入睡後會先經過一小時左右的『非快速動眼睡眠』，接著才進入『快速動眼睡眠』。可是，也有從清醒狀態直接進入快速動眼睡眠的模式，稱為入眠時快速動眼睡眠，這種時候會引起睡眠癱瘓或出現幻覺。當生活不規律、到外地旅行等，生活環境產生變化時特別容易發生。」

原來如此，原來我跳過了非快速動眼睡眠啊。睡眠癱瘓就是所謂鬼壓床，而當下產生的種種現象則單純只是幻覺。這下獲得科學證明了喔。順帶一提，目前我正在外景地拍戲，已經連續三天遇到鬼壓床了。原因一定就是到外地旅行造成的情緒緊張吧。不愧是科學，證實了鬼壓床不是靈異現象，只是普通的睡眠障礙！嗯？這好像也沒好到哪去？

隔天，我得意地對其他演員講解鬼壓床的成因與機制，沒想到，在場四個住在這間飯店的人，這段期間都遇上了鬼壓床。什麼嘛，原來被鬼壓的人比想像中還常見。這時，較晚加入對話，住另外一間高級飯店的前輩女演員說了一句話：

「因為你們住的那間飯店以前發生過殺人事件，出了名的常鬧鬼啊？」

基本上，我認為「世界上沒有鬼」。看來今晚也要仰賴科學才能好好度過了。

交錯混雜

（《達文西》雜誌・2019 年 9 月號）

今年八月，我成為演員就要滿十五年了。

這有點厲害。人生中從來沒有花這麼長時間追求其他事物的經驗。想到小時候我不管拿到什麼總是咬一口就膩了，目光很快轉移到其他東西上。相較之下，現在還真想嘉許自己「長大了呢」。

十五年來發生過各種事。

曾經懷抱純粹的野心投入這一行。曾經相信自己是有能力的。發展不順利的時候，也曾怪罪別人、埋怨時代。有段時間，內心愈來愈不平靜，也曾滿心都是怨懟與忌妒，連酒喝起來都變得難喝了。後來，察覺自己並不特別，有段時間變得討厭自己。再後來，總算發現還有人願意對這樣的我伸出手。

我知道自己老是在繞遠路。要是當初做得出更聰明的選擇，懂得活得更有要領一點，或許會有不一樣的「現在」。可是，總覺得走得跌跌撞撞，遍體鱗傷的人生，更符合我的風格。過去繞了多少遠路，回頭時就能看到多少風景，有時會覺得「這樣也不錯」。

那麼，最重要的演技又是如何呢？

「都幹這行十五年了，應該成為能獨當一面的演員了吧？」如果人家這麼問我，我也只能做出「唔、嗯」之類含混帶過的反應。當然累積了一定程度的經驗，也自認有所成長，只是老實說，不知怎地，我一年比一年搞不清楚了。所謂演戲，所謂人類，到底是怎麼一回事呢？

舉例來說，面對一個新角色時，要是以前的我，大概會先做好人物設定，讀著劇本想像「如果站在他的立場，我會怎麼做？他為什麼會採取這種行動？」如此詮釋角色，找出答案「原來如此，正因內心存在這種情結和欲望，所以做出那樣的言行舉止，我懂、我懂。」可是最近，卻沒辦法像這樣推論出答案了。即使一再思索，總會在某個時刻湧現「人類的想法真能這麼輕易斷定嗎？」的疑惑，思考就此停滯不前。甚至火上加油地懷疑起台詞「該不會不是他的真心話吧？」這麼一來，原本站在眼前的角色，就像忽然掉進地面開的大洞，眼前只剩下黑暗不可見底的巨大深淵，令我錯愕不已。不管怎麼叫他都沒有回應，結果我只能沿著洞口走來走去。

之所以抱持起這樣的疑問，是因為一路走來遇到了許多人。其中有一位性格開朗，朋友眾多，工作上非常有成就的人。得知他每天睡前必須吃鎮靜劑才能入睡時，我真的很驚訝。另一位看似內向怕生，連話都講不清楚的女生，其實很享受大膽的肉食系生活。知道這個時，我也忍不住替她擔心起來，心想「這樣真的沒問題嗎？」每當見識到別人這類意外的一面，我都會反省自己「哎呀，過去我到底都在看哪裡？怎麼能輕易認定別人就是哪種人呢？」

我想，過去我大概下意識地把遇到的人擅自放進抽屜，分門別類管理了吧。個性開朗的人就放進寫著「開朗的人」的櫃子，內向怕生的人就放進寫著「文靜乖巧的人」的櫃子。隨著見面次數愈來愈多，又會繼續在櫃子抽屜裡放幾個資料夾做細分。要是不這麼整理，我大腦裡就會亂得連站的地方都沒有，也不知道該怎麼跟人溝通交流了。因為亂得沒辦法安心。然而，某天突然發現一樁足以壓垮櫃子的新事實，讓我開始思考「難道那些資料夾只是我自己希望對方呈現的模樣……？」因此，就連現在必須面對的角色，我也擔心起「該不會只是我自以為搞懂了他，其實什麼都不懂？」對自己的事情也是一樣。有時候，我心裡會同時存在兩種相反的情感。比方說，開心與無聊、高興與悲哀、想守護與想破壞。每每發現的瞬間，我都會一陣恐懼，卻無法說明為何心中會有兩種極端的東西，也無法理解。有時會在無聊的事情上愛面子，有時也會撒很快就被揭穿的謊。即使如此，我仍將自己放進「不是壞人」的櫃子裡。這或許也只是我希望自己呈現的模樣吧。

總覺得，人就像個倒入各種顏料的水桶。眼睛容易注意到的，噴濺在桶壁內側上方的單色顏料，可以很輕易地辨識為「明亮的顏色」。然而，積在桶底交錯混雜的無限種顏色，既無法用一句話說明，也難以判斷到底是什麼顏色。說不定連當事人自己都掌握不到。

可是，這說不出所以然又無法歸類到任何一個抽屜的「交錯混雜」，正是人類的特色，忍不住覺得可愛。

無論是我扮演的角色，還是一路上與我擦肩而過的人，一定都是活得笨拙不得要領，總在繞遠路的「交錯混雜」吧。正因如此，我才想盡可能貼近無限色彩中的每一滴顏料，成為這樣的演員。我這麼想著，一邊走來走去，一邊打開劇本。

放輕鬆

啪嘰

（《達文西》雜誌・2019 年 10 月號）

「你的興趣是什麼？」被這麼問時，回答「沒有」的人，意外地好像比想像中多。

沒什麼好隱瞞，我就是其中之一。儘管學生時代把看電影當成日課，也經常沒想太多就去唱卡拉ＯＫ，但這兩者現在和工作都脫離不了關係。被問到興趣是什麼時，能真正抬頭挺胸回答出來的興趣，一直以來都沒遇見過。也不是沒有稱得上個人嗜好的事，可是，「假日我不是在打理古代魚的魚缸，就是在研究動物進化論」要是這麼回答，具體在做什麼，對方也很容易想像得到，對話往往就此打住，只能在對方的溫柔笑容與「這樣啊～」的回應下不了了之。或許有人會說我想太多，但是我總認為，可對人言的「興趣話題」，通常需要某種程度上得了檯面的公民權。所以，為了避免造成別人的困擾，被問到興趣是什麼時，我向來都回答「沒有」。

然而去年，每天只在住家與工作現場往返，深感運動不足的我，開始考慮「是該養成一個不容易受傷，能活動筋骨又能長久持續的習慣了」。把自己喜歡的事條列出來的結果，從中看到了一絲光明。我終於找到滿足自己喜歡的「打球、大自然、走路」三項條件，又能抬頭挺胸稱為「興趣」的事了！那就是——「打高爾夫球」。能在綠意盎然的大自然中揮灑汗水運動，又能和朋友一邊聊天一邊走很多路，原本擔心的公民權問題也無話可說，完全上得了檯面。沒有比這更棒的啦！為什麼我沒有早點發現呢？像找到新玩具的小孩，我立刻打電話給各路友人：「欸，你有在打高爾夫球嗎？一起來打高爾夫球吧！」很快地，我確保了有高爾夫球經驗，願意親切教學的朋友，以及願意和我一起挑戰打高爾夫球的新手夥伴。終於在今年夏天，實現了上場打高爾夫球的夙願。當然，因為我是初學者，就算自認知道「如何以物理學上最有效率的方式運用肢體」，還是打得一點也不怎麼樣。可是，正因為不容易，所以很開心。有時明明沒用力，球卻筆直飛出去，下次用同樣方式再揮桿，球桿卻用力砍進了草皮。「哇——！為什麼會這樣！」或「喔？原來是這樣嗎？」每次發出不同的驚嘆聲，打球打得忘了時間，從頭到尾笑容不斷。我為這年過三十才找到，最適合自己的「興趣」深深著迷。

然而同時，還有另一個小心謹慎的我站在一旁。瞇起眼睛，保持冷靜提醒自己「不能太認真喔」。這是因為我認為，長久持續一項興趣最重要的條件，就是「放輕鬆享受」。

父親高中時代隸屬足球隊，受到他的影響，我大概從能自己在公園裡跑跳的四歲起吧？不知不覺腳下就總有一顆大人給的球了。而且還不是小孩玩的小尺寸足球，是大人比賽用的五號球。想當然爾，以一個孩子的力量可以說是完全踢不動。只是，某次不知怎麼掌握了球的中心點，一踢之下球咻地遠遠飛出去。這讓我高興極了，從此之後，只要一有空就帶著足球去公園。

上小學後加入足球隊，和夥伴們一起享受踢球的樂趣，也持續參加比賽，有時輸球，有時贏球。然而，上高中後選了足球隊很強的學校，這份興趣就此漸漸走樣。球隊裡有嚴格的學長學弟制度，有失敗就得接受問罪的教育方式，為了贏球不惜踩著別人往上爬，而這些在嚴苛的大人的世界裡，都被視為最好的做法，唯有這樣才是「拿出真本事」。接觸到這樣的大人世界，讓我失去了笑容。如果要說我就是沒有毅力，或許確實如此。可是，當時身上像烙上了不及格的烙印，使我發現「足球原本是我的興趣，可是再繼續這樣追求輸贏下去，總有一天我會討厭足球」，毅然決定退出社團。明明是那麼喜歡做的事，最後卻自己放棄了，這件事使我大受打擊，感覺就像世界變得空無一物，對做出這件事的自己懷抱強烈的厭惡與自卑。

因為有過這樣的經驗，我下定決心「下次再喜歡上什麼事，絕對不能輕言放棄」，持續到今天的演員工作也是如此。總而言之，對我來說，對什麼事認真就等於隨時可能遭遇挫折，不會只有開心的一面。一旦認真了，也就伴隨著哪天可能遇到瓶頸，無法盡情享受樂趣的風險。正因為已經對演員這份工作認真了，這次好不容易找到的興趣，非得好好保持距離才行。這麼想著，為了能夠長久持續下去，我要求自己有所克制。但是，想保持這份距離感，並不是一件容易的事。

所以，今天一早和朋友去附近練習揮桿，差點脫口而出「時間到了嗎？要不要再延長一下？」時，我也瞬間想起「不能那麼認真！」急忙堵住自己的嘴巴。

或者，在YouTube上看專業高爾夫球選手揮桿的影片，自己差點跟著擺出姿勢，確認動作是否正確時，我又立刻大喊「不行！」以幾乎要扯掉手臂的氣勢用力拉住自己，坐回沙發。為了放輕鬆享受興趣，我必須非常小心謹慎。

順帶一提，每次完成一段文章按下換行鍵時，我都忍不住想在電腦裡打下「高爾夫 自家 練習用具」的關鍵字搜尋。現在我正在想，該怎麼封住自己的手指才好呢？

發現東京

（《達文西》雜誌・2019 年 11 月號）

我喜歡田園風景。看著這樣的景色，總覺得時間過得緩慢而瑣碎。規規矩矩整齊排列的綠色稻苗與倒映在水面的藍天，廣闊開展，整齊劃一的田畝區塊——我非常喜歡這宛如田園詩歌的風光。今年夏天參演的電視劇攝影棚位於郊外，前往攝影棚途中，左邊有一片能看見水田的區域。下了高速公路，沿著山路往前走，前方視野瞬間變得開闊。一輛只有三節車廂的電車悠閒駛過，上方還有小鳥互相追逐，朝露下的風景顯得晶瑩水潤。每天早上，我都把頭抵在後座車窗玻璃上想：「如果在這種風景中長大，會有什麼樣的童年呢？」

只要一說自己在東京出生長大，多半換來「好好喔」的羨慕回應。「想回老家隨時可以回，只要搭一下電車就能前往各種商店購物，而且一定從小就不缺娛樂場所吧？」對方羨慕的理由不外乎如此。在東京長大，說方便確實方便，但也不全都是好事。我早在小學五年級時，就開始討厭東京這座城市了。

當時，我和朋友經常去附近公園，在操場上踢足球。結果，住在公園旁公寓的居民嫌我們吵，向區公所提出抗議。從此，那座公園禁止玩球。沒辦法，只好騎腳踏車改去其他有操場的公園，這次則是旁邊公寓裡跑出一個穿背心的男人，凶神惡煞地對著我們大吼「去別的地方玩！」其實東京的公園很狹小，說是說操場，充其量只是塊十公尺見方，四面用圍欄圍住，宛如鳥籠的空間，根本不夠寬敞，也無法盡情在裡面跑跳。不只如此，都心住宅密度高，公園和旁邊建築物之間的距離非常近。也可能只是我們運氣不好，每次都碰到怕吵的人，只是那時我就感覺到，這個自己出生成長的城市「沒有讓孩子玩樂的地方，精神緊繃的大人又很多」。現在，隔著車窗眺望眼前寬敞的道路，不禁試著想像自己跑在上面玩耍，上氣不接下氣的樣子。要是住在這裡，一定不用怕被誰罵了吧。和我小時候上學時那條被當成用來穿越主要幹道的捷徑，總是車水馬龍的通學路完全不同。

離老家近這點確實值得感恩。回家時不怎麼花交通費，就算有什麼事，騎腳踏車也到得了。然而，對出生在東京的人來說，必然失去的就是「上京」的選項。我一直對此感到羨慕。和高中畢業後從家鄉「上京」，來到東京發展的演員夥伴聊天時，看到他們必須同時兼好幾份差維持一個人住的生活，自己煮飯給自己吃，明明年紀一樣大，自己卻遠遠落後人家好幾步。於是，我也急急忙忙搬離老家，因為覺得自己不能總是依賴爸媽。「決心」這種東西是會展現在臉上的，也會改變行為的份量。他們做出了「無法輕易回去」的人生選擇，而面對這樣的他們時，我總是感覺低人一等。這或許是因為，那時我已經開始從事「所有體驗過的事都能成為武器」的演員工作。這個早晨，冷清的車站裡，兩人一組的高中生正在等那只有三節車廂的電車。或許那個男孩也正在問他的同學：「你畢業後要去東京嗎？」

水田旁自動販賣機前，有幾個大叔正在談笑風生。在我出生成長的城市，人們連鄰居的長相都不太清楚，少有機會學到人與人之間的溫暖。前幾天，我走在回老家的路上，前面有個看似小學年紀的女孩。她先是轉頭看了我兩、三次，接著就一溜煙拔腿跑掉了。這個城市裡的孩子們，都接受著「看到陌生人就先懷疑對方」的教育。過去的我也是如此。長大之後，擁有很難信任別人的個性，似乎知道原因出在哪裡了。

很多人以為東京什麼都有，其實說不定什麼都沒有。既沒有稱得上「地方名產」的東西，也沒有自己的方言。在這個匯聚了各方人馬與各種事物的大都會裡，沒有一刻能感受到自我認同。沒有回憶中的風景，成長過程中只看過混濁的東京灣。這樣的我有生以來第一次親眼看到澄澈透明的大海時，感動得哭了起來。腳下有魚在游泳，簡直教人難以置信。在山梨的深山裡抬頭看見滿天星光時，也感動得說不出話。所以，每當看見田園風景，我都會忍不住想像「如果自己也擁有這樣的原鄉景色」，內心一陣感傷。

是啊，愈得不到的東西愈想要。我也知道自己只是擅自美化了「住在鄉下」這件事，把自己的願望強加在上面罷了。我所感受到的海闊天空，反過來也可以說是封閉落後。可是，就像別人羨慕我東京出生成長的背景一樣，我也有自己羨慕的東西。

總有一天，雖然不知道會是多少年後，我想搬到遠離都會，受大自然環繞的土地上。住在日式傳統獨棟民宅，屋前有個院子，可以讓大型犬盡情奔跑，還可以種植蔬菜。這就是我的夢想。最好可以過著每天都得抖落鞋子上泥土的生活，有什麼好吃的東西就和鄰居相互分享，每天餐桌上總會多出幾樣非預期的食物。早晨看著朝露濡濕的景色，坐在簷廊上喝咖啡。

可是，在那裡認識新朋友時，要是說不出自己出生成長的城市有哪裡好，想想似乎也有點寂寞。所以，差不多該放棄抱怨，別再老是看自己「沒有」的東西，是時候該「發現至今從未察覺的東京」了。

想成為太陽的男人

拿捲尺來

（《達文西》雜誌．2019 年 12 月號）

最近我常有個煩惱，那就是想成為溫柔的人。

或許受到扮演過的角色影響，很多人對我的印象是「溫柔的好人」，其實我知道自己不是那塊料。尤其是工作一忙起來，失去了從容的心境，感到疲憊或有煩心事的時候，常常變得敏感多刺，就算原本只打算路過碰一下的東西，也會伸手去摺倒。看到周遭人們因此露出困擾的表情，又暗自後悔「啊，壞中村跑出來了」，覺得自己很沒用，為此陷入沮喪。也許有人會安慰我「誰都難免會這樣」，問題是，偶爾就是會遇到啊。遇到那種平平都是人類，卻那麼溫柔善良，品格崇高的人。

例如前輩女演員A小姐，隨時都是那麼開朗又天真爛漫，只要她一進去，整間休息室彷彿都亮了起來。不吝對身邊人展現毫無芥蒂的笑容，好像和每個人在一起都很開心。每次看到她，我都會想，人家說人類的身體有大約百分之六十是水分，但是流在她身體裡的水，一定跟流在我身體裡的水種類不同吧。她的是富士山麓湧現的清泉，澄澈乾淨，令人心曠神怡。我的則是混雜了落葉的雨水，得先經過淨水設備過濾才能端到人前。個性乖僻的我，無論如何都無法像她那樣。

例如年紀比我小的男演員B君。他背負的責任比我重大，也不辜負眾人對他的期待。工作幾乎沒有休息的時候，卻不見他露出一絲不耐煩的表情，甚至沒聽過他用不好的語氣大聲說話。不只如此，那隨和的個性還常常把現場的氣氛炒得很熱鬧。他都不會覺得壓力大嗎？平常要吃什麼才能像他那樣啊。某天，好奇的我真的試著問了他。「嗳，你平常都吃什麼啊？」他說：「在拍攝現場，吃東西會讓我失去專注力，所以基本上什麼都不吃耶～」可惡的傢伙，你是哪來的模範演員啊。相較之下，在片場的我每次去茶水區都在吃自己帶來請大家的零食，完全無法向他看齊。

每次遇見這樣的人，我都大受衝擊。姑且不說年齡、經驗或個性的差異，我不由得懷疑，彼此或許有著不同的身體構造。他們該不會比我多長一兩個內臟吧？同時，我也強烈地嚮往成為他們這樣的人。要接受什麼樣的教育，在什麼樣的方式下成長，才能成為這樣的人呢？他們還有個共通點，那就是「自然而然就能做到那樣」。沒有一絲勉強，睜著一雙濕潤的眼睛，像在問「啊？你說什麼？」同為人類的我真的好不甘心，幾次想揪他們的小辮子，努力觀察了好一陣子，結果什麼小辮子都揪不出來。反而對試圖揪人家小辮子的自己感到可恥，再次陷入沮喪。

話說回來，為什麼最近我會想「成為溫柔的人」，是因為領悟到自己得當個「像大人的大人」才行了。雖說年過三十還老被歸類為「新一代演員」，在拍片現場，無論工作人員還是合作演員，不知不覺中，年紀比我小的人愈來愈多，無論工作或態度，我都是人家眼裡的榜樣了。身為「主角」，不但要背負起整個作品的責任，由我來確立工作現場氣氛的機會也愈來愈多。要是因為我的狀態不好而害誰受傷，那就太幼稚了。再說，我也希望自己能為工作現場製造沒有任何人需要看人臉色的自在氛圍，嚮往成為別人心目中「和這個人工作很開心，很有成就感」的演員。

包括這篇連載文章在內，我在各種訪談中說的話，都很有可能被誰撿拾起來、放在心底，當作精神食糧。既然有幸站在這個稍微有點影響力的立場，若是我的言行舉止能為誰帶來笑容就太好了。因此，我認為自己必須像冬日中的暖陽，擁有圓融又溫柔的包容力。或許再年長個幾歲後，我身上的稜角也能磨掉一些吧。

這麼說起來，以前一起合作過的前輩演員C先生就是個像太陽一樣的人。平常只是靜靜微笑，很少主動說話的他，看到誰在煩惱或誰無精打采，失去創造力而讓工作進度停滯時，總會默默現身，只用三言兩語就能準確解開問題的癥結，讓工作現場再次運轉起來。然後，又看到他默默微笑離開，是個像潤滑劑一樣的人。沒有引人注目的浮誇外表，卻能從低調洗練的衣著品味中，隱隱窺見他成熟性感的男人味。不是我老王賣瓜，還不到二十五歲時，前輩們就曾稱讚過我有眼光。常說我看事情看得很清楚。這麼說來，就算少了耀眼光彩或開朗性格，無法隨和地炒熱現場氣氛，或許我也能夠做到默默現身，不落痕跡解決問題。平時沉默寡言，笑容可掬，沒有一絲多餘，只把握「就是現在」的那一刻行動。隔天到了拍片現場，我立刻打算付諸實行。

但是，根本辦不到。對我來說實在太難了。要這麼喜歡捉弄人的我靜靜待在那裡，首先就是不可能的事。回過神來，我已經在現場發起「測量體格魁梧的男性工作人員脖圍，讓大家猜幾公分」遊戲。沒有比這更多餘的事。看來，想成為成熟穩重的大人，我還需要多一點時間……

理由

（《達文西》雜誌・2020 年 1 月號）

倒也不是「特別愛乾淨」，但是每逢假日前一晚，一想到「明天可以打掃了！」總是沒來由地雀躍起來。不確定什麼時候開始產生這種衝動的，回過神時才發現，「打掃」已經成為我假日的第一棒先發球員，確立不可動搖的地位。前幾天也是，結束一場拍到半夜，耗時又費力的戲，帶著歸零的體力和恍惚的腦袋回家路上，我竟然還想著「明天要先整理那個……不，還是應該先把堆了很久的紙箱垃圾丟掉，清出空間來才對？這麼說起來，家裡還有浴室魔術靈嗎？睡前得確認一下才行……」像這樣思考著隔天打掃的順序。推動我這麼做的原動力到底是什麼呢？回到家，沖完澡後也沒有立刻上床睡覺，還記得要先調整寢室窗簾，拉開一道縫「讓太陽能在幾小時後，從絕妙的位置照進來，讓我瞬間清醒」。之後，環視散亂的房間，把這髒亂的樣子烙印在腦海中，才總算捨得熄燈睡覺。

隔天早晨，刷牙洗臉後，先打開窗戶讓新鮮空氣流通，再把屋內散亂的物品放回原本該放的地方。衣物、杯子、工作用的資料……不同種類的東西像彼此約定好似地集中放在客廳中央茶几上的模樣真是可愛。真要說的話，其實只是被我放上去而已啦。一邊把這些東西各自歸位，一邊想著東西應該再減少一點。雖然我很嚮往沒有多餘雜物，清爽俐落的生活型態，到頭來也已徹底頓悟，對我這種老是把腦袋用來想多餘的事的人來說，想過那種生活是不可能的了。

髒衣物丟進洗衣機洗，依序打掃盥洗室和浴室。最近，不知道是落髮還是頭髮受損斷裂，地上多了很多毛髮。打掃這些區域時，不禁有點感慨。明明是減少的東西，卻用「多了」來形容，說來還真有點諷刺的意味。因為我從事了一年到頭使用大量定型髮膠的行業嗎？還是單純因為上了年紀或壓力太大呢。我苦惱地想，是不是該開始保養頭皮才好。想起以前頭髮剪得很短時，有一次，為了配合下一個角色的髮型，想讓頭髮長快一點，使用過一段時間的生髮水。當時交往的女友來家裡玩看到了那個，還刻意用爽朗的態度說：「我覺得你還不用擔心禿頭啦！」「不不不，這東西不是妳想的那樣。」「嗯，我知道。不過真的……你還不用擔心啦。」不管怎麼解釋，對方還是小心翼翼回應，日常生活中偶爾就是會遇到這種傷腦筋的場面呢～擦洗著廁所的我想起這段往事，情不自禁苦笑起來。

把瓦斯爐附近檯面擦拭乾淨，準備開始洗堆在流理台水槽的髒碗盤。所有家事之中，我最喜歡洗碗。因為能明顯看出髒汙洗掉的樣子。高中在速食店打工時，我也總是搶著洗碗。這麼說才想起來，那間店每天打烊後，通常一個人負責清潔廚房，一個人負責洗碗，一個人負責打掃用餐區，三人分工合作完成打烊前的善後工作。可是有一天，不知出了什麼問題，落得我必須一個人做這三件事。「抱歉，我會盡快回來的」店長只留下這句話就匆匆忙忙跑掉了。也不知道為什麼，每次被人家拜託什麼事，我都很想給對方一個驚喜。結果，我用媲美鬼神的速度，只花四十五分鐘就完成所有工作，一臉得意地等店長回來。明明平常動作慢吞吞，遇到麻煩時反而卯起幹勁的這種體質，反過來說也是容易火燒屁股的個性，從當時到現在還真是一點也沒變啊。這麼一想，我又像個旁觀者似地佩服了起來。

最後是用吸塵器吸地。眼見強力的吸塵器吸走不知不覺中積得厚厚的塵埃，這一瞬間最痛快了。吸完再拿除塵紙拖把站著擦地。小學時代，打掃時間都要拿抹布趴在地上來回奔跑擦地，當時絲毫不曾懷疑為何一定要這麼做。女生假裝掀起裙子露內褲，害男生眼睛不知道要看哪裡的小遊戲，現在的孩子們還會玩嗎？對當年的我們來說，打掃時間就是玩耍的時間。用抹布打棒球被罵，在打過蠟的地板上模仿溜冰的樣子滑來滑去也被罵。再次想想還是覺得，我怎麼會變成「喜歡打掃」的人呢。真是個謎。

綁緊垃圾袋，環顧屋內。嗯，變乾淨了。時鐘顯示時間還不到正午。「入夜之前，還有這麼多自由時間呢。」如此一想，就覺得自己善用了時間，心情真是愉快。久違地打算出去吃飯，披上外套前往附近蕎麥麵店。前一晚明明沒怎麼睡，腳步卻很輕快。一邊想著流逝歲月中完全沒必要存在的事物，一邊默默將髒汙洗刷掉。說不定，我就是為了品嘗這種「善用時間做了有意義的事」

的滋味，才會早起打掃的吧。不，這麼說又太誇張了。也許我只是單純想抬頭挺胸告訴自己「最近太常受人恭維，其實我過的是這麼腳踏實地的日子喔」。無論如何，今天都是「假日」。不需要想什麼理由，填飽肚子後，就去高爾夫球練習場練習揮桿吧。

My way

全壘打！

（《達文西》雜誌・2020 年 2 月號）

我每年都在想，送禮真難啊。基本上，當然是要送對方收到會開心的東西。話雖如此，直接問對方想要什麼，或是想盡辦法打探出確實能取悅對方的東西，光是這樣好像少了點大人的風範。至今我在送禮時，都以實用的東西為主。對收到的人來說，絕對不會造成困擾的東西。對方收到禮物時，甚至不用苦惱該做何反應，就是這麼絲毫不會造成對方困擾的東西。然而，我也希望能選一樣出乎對方意料，我自己又覺得「很棒！」的禮物，看到對方驚喜地發出「你挑禮物品味真好！」的驚嘆。話說回來，這真的辦得到嗎？畢竟品味這種東西見仁見智啊。以我自己為例，要是收到精美的深海魚模型，絕對會發出驚嘆。可是，必須承認，對大部分的人來說，這可不是什麼收到會開心的東西。到了這把年紀，我就算不願意也早已發現，自己有點異於常人。

事情是這樣的，我已經在這歲末時分的熱鬧澀谷街頭閒晃一小時左右了。晚上要去看舞台劇，正在想要給參與演出的朋友帶什麼伴手禮。這又是一個考驗品味的時刻。如果不想出錯，就是在甜點和鹹食零嘴中二選一。可是，「一定有很多其他人也送這個了吧」、「送不會出錯的東西，感覺就像敷衍了事的例行公事，真不想這樣」一旦開始煩惱這些就沒完沒了了。到最後，我覺得自己根本變成耍賴的孩子，賭氣地想「到底要送什麼你才會滿意嘛！」到了這個地步，更是找不到答案。在百貨公司地下街走過來走過去，總覺得店員都在我背後竊竊私語「那傢伙又走回來了」，沒辦法繼續待下去。其實我真正想買的，是東急Hands的「立體紙模型」。我打算送對方一座日本城，這樣送上禮物時還可以說：「利用午場演出和晚場演出中間的空檔時間組裝，就不會想睡覺了。」怎麼樣，滿貼心的禮物吧。可是，這種東西就是會讓收到的人搞不清楚該裝傻還是吐嘈好，肯定害對方苦於不知如何反應。「不然就折衷買個有各種口味和個別包裝的酸梅乾禮盒好了」，連自己都搞不清楚到底是什麼跟什麼折衷，結帳時，一個男人的臉浮現我腦海。

尾上寬之。比我大一歲的男演員，個性隨和又溫柔，跟誰都能打成一片，抽搐般的笑聲，讓人一聽就知道「來自關西！」的小哥。我在某個領域上非常敬佩他——關於送禮這件事，他是個勇者。總能滿臉笑容，毫不心虛地送出品味獨特的禮物。比方說，我們已經連續三年一起為長年來對我們多所提攜，也是我們共同朋友的導演河原雅彥慶生。尾上哥選擇禮物的驚人品味，總在這種時候發揮得淋漓盡致。兩年前，他送的是外國品牌的乳清蛋白。必須特別說明的是，河原先生並沒有在健身。去年，他送的是紅格子頭巾，可是河原先生也不是THE BLUE HEARTS樂團的狂熱歌迷（註：主唱甲本HIROTO的註冊商標就是在頭上綁頭巾）。再來就是今年，他送了「平交道」和「停車場B」的迷你透視模型。這可是送給即將邁入五十歲世代人生前輩的生日禮物耶，你到底有多堅持走自己的路啊！順帶一提，我送河原先生的是他喜歡的多肉植物，再加上順道祝賀喜獲麟兒的有機棉嬰兒服，還有河原先生從今年開始收集，哥吉拉電影裡出現的怪獸「黑多啦」的模型。我送的每一樣禮物，他拿到時都很開心，可是和其他人聚餐時，河原先生提到的總是尾上送的東西。不知道是兜一大圈看開了還怎樣，只見他反而一臉喜孜孜的表情說：「那傢伙的品味真是吼～」我自認做出了正確的抉擇，結局還是令人這麼不甘心……一種是打法毫不浮誇，卻能腳踏實地累積安打數，為球隊做出貢獻的打擊手，另一種是永遠用力揮棒，「只要打中就是特大全壘打」，令人印象深刻的打擊手，大概是這意思吧。廣受人們喜愛的，似乎總是後者。我是不是該乾脆豁出去，把球棒拿高一點，酸梅乾留著自己回家吃，就算會讓對方發出「嗚哇，這什麼莫名奇妙伴手禮」的東西也沒關係，這次就用力揮棒、一決勝負吧。這麼一想，把手伸向了「姬路城」和「大阪城」。

看完舞台劇，前往後台休息室打招呼。今天能否擊出全壘打呢？還是根本就揮棒落空？再想下去也沒用，等一下就用一副再自然也不過的姿態，選個巧妙時機遞上禮物吧，只要瀟灑說一句「午場和晚場之間，你就組裝這個吧」。不需要為這種小事緊張啊！這時，朋友出來了。「辛苦了～」「喔——謝謝你，阿倫！」「舞台劇很有意思～你很享受演出吧？」「嗯，每天都很開心喔～」「那、那這個是送你的。」「……喔喔？這什麼？」「嗯，就是……

你在午場和晚場中間可以組裝這個打發時間。」「喔……欸？好！我會的！謝謝！」真是好孩子。雖然有那麼一瞬間，他的確露出了不知如何反應的表情，但他終究是個好孩子。「……還有這個，給你，是酸梅乾。對身體很好喔。」「喔喔——不愧是成熟大人！我會分大家一起吃的！謝謝！」

送禮真的很難。正因如此，在這歲末時分，我再次確認「走自己的路」有多偉大，以及「活得像自己」有多重要。

結界

別這樣啦——

戳

（《達文西》雜誌．2020 年 3 月號）

我是從什麼時候開始，把「平常心」視為最高指導原則的呢？

很多人都以為，我是個「按照自己步調走」的人，其實，我不是天生這樣。看似我行我素的表現，其實是為了守護自己，抵禦外在壓力，後天發展出的一種類似「結界」的東西。和只要隨心所欲做自己想做的事就好的學生時代不同，出社會後，經歷了各式各樣的狀況，有時感受到工作現場的壓力，有時被社會上莫名其妙的不合理耍得團團轉，或在碰巧「走運」時以為靠的是自己的實力，之後卻被狠狠打臉，一再造成內心的慌亂與苦惱。每一次都因為這樣沮喪退縮，工作表現失常，還厭惡起自己的膽小懦弱。如果隨時隨地都能發揮實力才稱得上專業，以我的狀況來說，首先就必須培養不受緊張、不安、自負、過譽等各種外在因素影響，發揮純粹實力的「平常心」才行。領悟到這點之後，一番摸索的結果，我得出的答案正是「扮演一個按照自己步調走的人」。換句話說，其實直到現在，我還是會為一點小事內心慌亂不安。只是沒有被周遭發現而已。

因此，說得直白一點，去年除夕對我而言，真是地獄的一天。「參加NHK紅白歌唱大賽」。光是這句話，就能讓我一路走來以「平常心」之名建立起的「結界」幾乎解體。「為什麼演員可以上紅白？」可能很多人想問這個問題，請容我在此說明。製作單位邀請我在紅白特別企劃的單元中，演唱去年擔任配音的迪士尼電影《阿拉丁》裡的男女對唱曲〈A Whole New World〉。因此，說得正確一點，我既不隸屬「紅隊」也不隸屬「白隊」，更不是「紅白歌手」，但這仍不改上台表演的事實。要是不振作點，一拳就會被打死，在這個舞台上表演，意味的就是這種等級的事。如果只邀請我一人上台，雖然這麼做很不好意思，但我應該會婉拒。絕對不是因為我沒膽，必須嚴肅地說，不是歌手也不是音樂創作人的我，沒道理站上這座被全國音樂人視為目標的舞台。過去演出音樂劇時，我也認識了很多想成為歌手卻難以實現夢想，始終不斷努力的人。我站上紅白舞台的這兩分半鐘，可以說是他們賭上一輩子也想獲得的時間。然而，這次受邀演唱的是男女對唱曲，與我合唱的木下晴香小姐，也是主要活躍於音樂劇場域的女演員。若是我執著於自己的原則堅持婉拒，也等於撕破她通往夢想的車票。這說起來一樣不合理。因此，我決定懷抱最高的敬意，誠心誠意接受邀請，上台演出。

問題是，就算自己的心情整理好了，這次面對的可不是輕易就能克服的挑戰。請各位想想，畢竟是「紅白」啊。時間愈接近年底，心情就愈焦慮不安。「正是這種時候最需要發揮『平常心』呀。要是自己先長了敵人的威風，在戰鬥前就會先落敗」，明明不是武術家，卻用這種武術心法激勵自己，盡力什麼都不去想。偏偏在我好不容易冷靜下來時，「當天要穿的服裝怎麼辦？」「打算用什麼髮型上場？」平常一起合作的妝髮與造型師不經意的詢問，就像伸出手指戳破紙門一樣，輕易在我的結界上戳出洞來。不只如此，每當收到來自各界人士「恭喜站上紅白舞台」的聯絡，戳破的洞就被撕得愈來愈大，我也愈來愈慌亂。「大家不要因為是紅白就特別待遇嘛……用和平常一樣的態度來面對嘛……不然我會一直想啊……」我完全陷入了緊張狀態。彩排時，不習慣拿的手麥和周邊音響也令我陷入苦戰，環顧四周，又都是平常不會碰見的大牌歌手，忍不住想上前搭訕對方說「我有買您的CD！」老實說，好幾次都在心裡吶喊「真想回家軟爛」！

終於到了正式上台當天。儘管我嘗試各種方法修補紙門破洞的自豪結界，看來要保持平常心已經是不可能的任務。我看開了。所以乾脆單純一點，只要想著現在自己能做的事、該做的事就好。只要全力以赴唱歌就好。不就只是這樣而已嗎？唱得不好也沒關係，失敗丟臉也沒關係。今天，以現在這個狀態上台，盡自己的全力吧。這麼一想，視野豁然開朗。下定決心後，再來就得做發聲練習，好好開嗓才行了！過去大概從來沒有哪個參加紅白的表演者，用這麼大的聲音在休息室練習發聲的吧。因為，普通人一定覺得丟臉，誰辦得到啊。唱了七次完整版的尾崎紀世彥先生名曲〈直到再次重逢那天〉，專注力提升到最高時，正好輪到我被叫上台。

正式演出，一轉眼就結束了。以結果來說，算是順利跨越了名為緊張的障礙。看到評審員座位上認識的人的臉，頓時放下心來，也多虧了木下小姐的幫助，我表現得比想像中鎮定。不過，還是明顯看得出太拚命和自我控制失常的缺點，給自己打的分數，大概是二十五分左右。這就是我現在純粹的實力。然而，在回休息室的路上，許多人用燦爛的笑容和掌聲迎接我，也收到大約五十封稱讚我「做得很好喔」的電子郵件。即使無法用自己的步調前進，即使失去結界的守護，只要用盡全力去做，還是能換來其他人的笑容。如果是這樣的話，那也不錯。回到家，我一邊泡澡，一邊在這樣的思考中跨了年。

紅白本番直後の
ゲダッ顔。

紅白正式演出後解脫的表情。

豐功偉業

放

（《達文西》雜誌・2020 年 4 月號）

最近我都在睡前出去旅行。把隔天要用的東西裝進提包，換上睡衣，調整枕頭位置，找到可以讓身體躺進去的位置，手機插上充電器就完成了準備。最近這一星期，我遍遊了肯亞、斯里蘭卡、哥斯大黎加和澳洲四個國家。主要的行程是去和各國野生動物見面，前不久則沉迷於在土耳其及以色列探尋古蹟。世界上有太多我不知道的東西，太多我想去看的地方。所以，今晚也拿起智慧型手機，打下「旅行 部落格 動物」關鍵字查詢，加入素未謀面，不知道住在哪裡的哪個誰過去的某趟旅行。眼皮變重了就直接睡著，等到隔天晚上再重新出發，踏上另一趟棉被裡的旅程。輕鬆又現代化的速食海外旅行。

到目前為止，我出國都是為了工作。第一次出國是二十四歲那年，去紐約觀賞音樂劇《RENT》。因為當時我即將演出同一部作品的日本版，配合雜誌採訪，去那邊和國外的演員聊聊關於這部作品的事。人生值得紀念的第一次出國，還記得去程的飛機裡極度寒冷，還沒抵達就差點冷死了。為何外國人可以把空調的溫度設定得那麼低也不怕冷呢？不過，穿著短褲和海灘拖鞋就出門的我自己也有錯啦。美國道地的星冰樂太甜了，害我差點在早晨的時代廣場嘔吐，現在回想起來也是美好的回憶。第二次出國，是為了拍攝電影《王妃之館》，在巴黎住了一個月。當時工作一有空檔，我就搭地下鐵或當地公車，不然就用走的，使用各種交通工具出門走走看看。從知名觀光勝地到不知名小巷弄都走遍了。現在那裡成為我唯一不需要地圖就能幫人帶路的海外土地。哥德式建築中最具代表性的巴黎聖母院尖塔失火時，我無法置身事外地陷入悲傷，看到巴黎遭遇恐怖攻擊的新聞時，也暗自祈求當年一起工作的夥伴安全無恙。雖然是外國，那裡對我而言已不是異國。第三次出國，是去參加在加拿大蒙特婁舉行的影展。我最羨慕的就是那以薄薄塑膠片製成的半透明鈔票了，拿在手裡感覺好時尚。街上的人也都親切和善，一副悠閒自在的模樣。老街很有味道，讓人想再去一次，花時間慢慢探訪。沒想到，那天深夜，從小酒館走回飯店途中，我們被手持啤酒瓶碎片的歐吉桑追趕，一群人驚慌地做鳥獸散。果然，再怎麼好住的國家，夜路還是危險的。

三十三歲，去過三個國家。這樣算多還是算少，我也不知道。只是，差不多也想自己以私人行程去海外看看了。這幾年我一直在想這件事。要是能利用假日一個人隨性旅行，人生將會變得多豐富呢。百聞不如一見，透過網路查到再多知識都敵不過親身體驗。就像在這三個國家的回憶一樣，我希望盡可能親身體驗更多事物。因為，人生只有一次啊。

都說到這地步了，為什麼我還是沒出國旅行呢？除了因為職業關係很難參加旅行團外，最大的原因就是我膽小。老是想像一些可怕的事。沒騙人也不是開玩笑，每當我在腦中描繪自己單獨旅行的樣子，首先想到的就是下飛機後，自己一定會在機場裡迷路。即使想問機場員工，又因為不會講英語，被人家當成燙手山芋。再來，行李箱的鎖壞了，值錢的東西都不見了，想租Wi-Fi又被敲竹槓。搭上計程車後，被帶到一棟神祕大樓裡的某個房間，在那裡，持槍的男人包圍著我，讓我吃下安眠藥，不知道發生什麼事，內臟就被偷走了。結束。平常明明算是樂觀積極的我，不知為何只要一想像起自己單獨出國的樣子，想像力就會朝悲慘的方向發揮。自己都討厭起這樣的自己。要是因公出國，身邊就會有日本工作人員和翻譯，還有精通當地語言文化的地陪導遊。我就算半張開嘴像笨蛋一樣流著口水也能抵達目的地。然而，一個人旅行的話，就沒有任何人保護了。不然，找個經常旅行的男性友人不就好了嗎？或許有人會這麼想。可是，別說根本沒有喜歡旅行的朋友，我連朋友都不多。啊啊，真討厭這樣的自己。

要是會說英語，說不定就能更隨心所欲地去自己想去的地方。不用擔心被敲竹槓，也不怕搭到問題計程車了。可是，關於英語，我也有個痛苦回憶。第一次出國前往紐約時，在那冷得要命的飛機上，我想喝杯熱牛奶，就跟空服員要了「Milk」，來的卻是冰透的「Beer」。沒有半個字母一樣啊！想去肯亞的馬賽馬拉國家保護區，想去斯里蘭卡賞鯨，想去哥斯大黎加找鳳尾綠咬鵑，想去澳洲找鴨嘴獸。想做的事還有好多喔……

好，就這麼決定了，來學英語吧。到了年底，就去個什麼地方旅行。一旦在這裡宣布就無路可退了。自己的人生靠自己開拓。既然下了決定，今晚就趕緊打上「旅行　部落格　一個人　不會講英語」等關鍵字，先從觀摩素未謀面也不知姓名的前輩豐功偉業開始好了。

美食

丟

（《達文西》雜誌・2020 年 5 月號）

「明天臨時決定休假。」——我喜歡這句話。和早已確定的休假日不同，臨時決定的休假，就像一個「突然獲得二十四小時自由時間」的禮物。告知這句話的時機最好是在傍晚。如果是在筋疲力盡回到家的晚上才聽到這句話，那就只會剩下「明天好好休息一天吧」一條路，最後懶懶散散虛度一天的光陰。如果還不到中午就聽到這句話，反而會冷靜下來，開始思考「嗯？那原定明天要拍的部分，得取消哪個假日來補拍？」一想到後續行程都會受到骨牌效應的影響，便不由得憂鬱了起來。相較之下，如果是傍晚左右聽到這句話，既沒有時間冷靜下來，也還不到累得筋疲力盡的地步，心情會像遠足前一天的孩子一般雀躍，心想「今天努力完，明天就可以去○○了！」真是個單細胞生物。打高爾夫球、購物、上健身房、看電影或舞台劇、在家舒舒服服看書。有無限多種組合，但不管選擇做什麼，我必定會做一件事，那就是「去超市買東西回來煮飯」。

因此，今天久違地一大早就開了車來到超市。色彩繽紛的蔬菜水果、特別陳列的品牌牛肉切塊、種類莫名豐富的納豆專區……光看都開心。其實我不是什麼料理系男孩，也只會做簡單的東西，在家烹飪的用具跟一般人差不多。可是，自己覺得好吃的味道，還是自己調味自己做最快。另一方面，想好好攝取平常攝取不到的營養，自己挑選食材決定菜單是最確實的方法，同時為舌頭和身體著想的「美食」就是自己煮。我們這一行的飲食生活容易失衡，基本上平常吃的主要是攝影棚訂的便當。為了確保勞動體力，便當菜盡是些高熱量食物，首先就不太可能看到新鮮蔬菜或健康的調味。因此，休假時就像要填補營養缺口似的，一口氣買齊大量蔬菜水果狠狠攝取。不知不覺中，我建立起這樣的生活方式。

說來不可思議，我是從什麼時候開始覺得蔬菜「好吃」的呢？小時候的我是個超偏食的小孩。愛吃甜食點心，最喜歡的食物是蕎麥麵、炸雞塊和鮪魚。除了小黃瓜之外不吃其他蔬菜，水果也只肯吃草莓。除此之外的食物，一律靠我靈活的筷子工夫避開，不然就是趁沒人看到的時候丟進哥哥碗盤，這方面的操控可說是靈活自如。學校裡的營養午餐當然吃不完，往往從午休時間吃到放學後的打掃時間，只有我一個人被留在教室裡繼續吃。班上同學忙著把課桌椅搬到教室後面時，剩下我坐在位子上，哭著和青椒大眼瞪小眼，想想那有多哀傷。最後不是用牛奶灌下去，就是趁老師不注意時含在嘴巴裡往廁所衝……寫著寫著，都想跟當年煮營養午餐的阿姨道歉了。

不是好不好吃的問題，我發現當時自己似乎有種「討厭的東西堅決不吃」的賭氣傾向。曾有過這麼一件事，我稱之為「炒飯事變」。

事情發生在小學四年級暑假。那天晚餐的菜色是炒飯。廚房裡飄出醬油加熱後的香氣，還聽得見母親甩平底鍋的獨特節奏。我在客廳看電視，想像待會要吃的是有鬆軟炒蛋與切成薄片熱狗的醬油口味炒飯，吞著口水等待。廚房裡靜下來了，母親喊大家「吃飯囉」。父親和哥哥慢吞吞地晃了過來，我則早就在餐桌旁就定位。可是，看到母親端上桌的餐盤時，我驚訝得說不出話。為何今天炒的偏偏是綜合蔬菜炒飯呢！當然，我大聲哭著抗議「這跟講好的不一樣！」母親只丟下一句「不想吃就不要吃」。身為父母，她大概有一種要讓孩子學會不挑食的使命感吧。如果給孩子食物是父母的義務，吃下食物好好長大就是孩子的義務——她想傳達的或許是這樣的訊息。所以，我也採取了強硬對策。雙手一攤，靠在椅背上仰頭罷工：「我不吃！」這裡頭或許有我身為受寵么兒的心機，認為「媽媽一定會拿出不同食物，搞不好明天還會炸雞塊給我吃」。問題是，母親可沒那麼好對付。只聽她回了聲「是喔」，用保鮮膜包住我那盤炒飯，放進冰箱。戰爭就從這裡開始。隔天早餐、午餐、晚餐，她都從冰箱裡拿出那盤炒飯微波加熱，端到我面前！不為所動地展現了「不把這盤吃完就別想吃其他東西」的意志。和母親對峙的我，則堅持「不吃這個！」光靠喝水填飽肚子，充分發揮了耍賴鬼的實力。結果，受不了我三天沒吃東西，先屈服的是母親，心不甘情不願地做了別的飯菜給我吃。就這樣，炒飯事變在我的大獲全勝下落幕。

寫著寫著，滿心都想去跟母親道歉了。到底是在爭什麼輸贏啊。當年的我，實在遠比現在更是個單細胞生物。在這個休假日的夜晚，我決定改天和媽媽一起吃我用蒸籠做的加熱蔬菜沾橘醋醬。

還差一步就是科技

好好相處嘛。

（《達文西》雜誌．2020 年 6 月號）

我的個性中，有一點對科技抱持小心謹慎態度的地方。在這每年都有搭載全新技術家電、電腦及智慧型手機上市的現代，身為每天享受高科技恩澤的一份子，我算是遲遲不敢伸手去碰「不熟悉東西」的類型。比方說，通訊應用程式「ＬＩＮＥ」流行後，我也先擱置了三年才開始使用。人家推薦我什麼沒見過的新玩意時，也總忍不住先用懷疑的眼光看待。就像測試新藥效果那樣，我得先確認世間眾人的反應，看到大家使用上沒有什麼問題了，才終於輪到自己伸手去拿那樣東西。一旦用了之後，又總是後悔地想著「這麼方便的東西，我為什麼不早點開始用」。

就這層意義來說，演員這個職業可以說是非常低科技。只要讀拿到的劇本，背熟台詞，在規定的日子裡到規定的地方集合演戲就好。說得更直接一點，我們「要帶的東西只有自己的身體」。雖然這點很適合我的個性，現在卻成了最難實踐的一件事。受到新型冠狀病毒影響，播映中的電視劇《美食偵探明智五郎》攝影被迫中斷，預定六月展開公演的舞台劇延期了，之後另一個目前尚未發表的作品也決定中止。我的行事曆暫時呈現「一片空白」狀態。和發生震災那時一樣，當日常生活受到威脅，我就會懷疑起自己的工作在社會上有何存在價值。看戲這件事既不像科技能促進生活品質，也和飲食、衣物和住家等活著不可或缺的條件不一樣。「到底能派上什麼用場呢？」我逐漸失去自信。然而，一定有更多人過得比我更痛苦不安吧。所以，我也只能想辦法做自己現在能夠做的事。

在這樣的時勢下，前幾天，近代化的浪潮席捲了我的生活。接受某本雜誌採訪時，對方提出使用視訊訪問的方式。雖說現在「遠距工作」已經成為耳熟能詳的詞彙，至少對我來說還是初次體驗。「真的可以嗎？不會因為收訊不良而感覺怪怪的嗎？用電話也就夠了吧？」連這種時候我都心存懷疑。被帶到一間房間，裡面有一部筆記型電腦。朝螢幕裡窺看，採訪我的人對我低頭致意。我也低下頭打招呼。「對著電腦低頭打招呼」真像日本人會做的事，忍不住噗哧一笑。開始採訪後，流程比想像中順暢。不但順暢，因為對話時看得見彼此的表情，更能感受到「啊，在這麼艱辛的狀況中，這個人仍特地準備了這些內容來採訪我，認真地工作著呢」。如此一來，我也比平常更仔細注意對方的狀態，聆聽對方說的話。就結果而言，高科技反而讓我感受到對方的溫度，完成一場安全又出色的採訪，我也就安心了。

那天晚上，在不經意打開的電視上，看到我最喜歡的動物紀錄片。進入雨季，激烈暴風雨侵襲了草原上的獅子，洪水阻擋象群的去路。地球氣候與環境問題愈來愈嚴峻。接下來的影像更令我心頭一驚。旱季下的草原上，兩群阿拉伯狒狒正在爭奪唯一僅有的水源。雙方陣營的公狒狒陷入死鬥，朝敵人露出利齒，甚至有狒狒被咬得見骨。我大受衝擊。即使是同種類的生物，為了拯救「自己人」的性命，也不惜奪取「自己人以外」的性命。這實在太野性了。我一時起意，將自己置入相同情境，換位思考。如果今天遇到戰爭的是我，我也能攻擊像那樣毫不掩飾殺意，朝自己襲來的「人類」嗎？恐怕做不到。面對敵人時，我大概會拚命試著說服對方：「等一下！好好溝通一定可以互相理解的！」在戰場上，我就是這種拿不出任何成果的人。然而，現實世界中隨時都有某個地方正在經歷戰爭。說不定我們四周也是。

人類的想像力有限。我們或許能夠想像身邊的人的痛苦，與對方感同身受，卻難以想像陌生人的痛苦。這兩種想像力有著天壤之別。此外，就算想這麼做，體力也有極限。我在疲憊的時候，常常無法做到溫柔待人，事後自己後悔不已。也曾因為這樣埋下火種，釀成誤會或引起小小的爭執。然而，只要今後科技愈來愈進化，平常就能從各種地方聽到各種聲音，這樣的時代將理所當然來臨。這麼一來，即使面對素昧平生的人，或許也能確實感受到對方是個活生生的人，拉近彼此之間的距離，成為「近在身邊」的存在。像今天接受遠距採訪時的我一樣，願意更仔細感受對方的狀態，理解對方想表達的話。到了那時候，就不用為了搶奪水源互相攻擊了。科技讓我看到這樣的可能性。

如此想來，我強烈地期許自己，等疫情告一段落，更應該從事這份能刺激人們的想像力，幫助人們重拾心靈力量，讓更多人擁有笑容的工作。

流轉

（《達文西》雜誌・2020 年 7 月號）

思緒怎麼也無法聚焦的午後。不，不只今天，一定也不只有我。這段期間中，雖然各自立場不同，大家一定都是這樣的吧。躺在沙發上，仰望天花板，聽著房間角落水族箱裡氣泡冒出又消失的聲音，腦中思考著各種事。種種思緒就像射擊遊戲的箭靶，逐一晃過腦海。就算想停止思考，眼睛還是忍不住追隨上去。這一成不變的居家防疫生活雖然我過得挺自在的，差不多也開始覺得「過意不去」了。我是少數「可以STAY HOME的人」之一。當然，工作確實受到了影響，但至少性命得到保護，也保護了自己。在這段期間，從新聞裡看到必須外出工作的人，試著想像他們的生活，揣摩他們的想法，不由得一陣愧疚，反省自己「過得這麼開心真的好嗎」？飲水思源，我現在多的是時間。心想自己至少能提供一點娛樂，就把想到的點子拿來企劃出內容，製作成影片上傳公開。即使如此，仍不斷在想自己是不是能貼近更多人的心情。然而同時，我也充分理解自己不是什麼超級英雄。這樣的話，實際上到底能做什麼呢？左思右想的結果，就是落到現在這樣腦中化為射擊遊戲的下場。不行，想呼吸一點外面的空氣。這麼說起來，我已經三天沒出過家門，家裡的飲料也快喝光了。

沿著公寓樓梯下樓，走到馬路上，一陣舒服的風吹過。沒有夾帶黏膩的濕氣，也沒有刺眼的陽光，令人懷念的平靜五月。明明也只經過一年，每次季節流轉，都有種「睽違許久」的感覺，這是為什麼呢？五月本人一定也想傻眼地說「你每年都講一樣的話」吧。對了，最近一直待在家裡所以沒發現，曆法上已經迎來「立夏」了呢。立夏，二十四節氣中代表夏日即將來臨的節日。雖然不知道是誰在什麼時候發明的，我很喜歡二十四節氣和分得更細的七十二候。曆法上的數字正確而單調，卻能從中感受到溫度。不只是單純的區隔季節，還下了一番令人產生親暱感的工夫。能夠發明出這麼偉大的東西，真教人敬佩。一邊散步，一邊試著想吸一口這剛嶄露頭角的夏日徵兆，吸到的卻只有口罩內側的清新香氣。該說是口罩好好地發揮了作用嗎？真不知是好事還是壞事。

彎過轉角，眼前有不可思議的花朵綻放。一戶擁有白色外牆的獨棟房屋，牆邊有個花圃，裡面開的到底是不是花，我也不是很確定。花圃看上去沒怎麼打理，裡面的植物伸展出強而有力的粗莖，開滿茂盛的大片葉子。只是莖的末端忽然彎折，變成色彩鮮艷，看似花瓣的東西。走近觀察還是看不出個所以然。感覺就像把橘色和藍紫色的摺紙擱在綠意盎然的植物上。我拿出智慧型手機，打開前幾天剛下載，只要拍照就能查詢植物名稱的應用程式。這是每天陪伴我散步的最佳良伴。根據應用程式的說法，這種植物似乎叫做「鶴望蘭」，別名「天堂鳥」。原來如此，花朵的部份確實很像天堂鳥。明明是花，卻取了個鳥的名字，真是有意思。回家後再多查一點關於這種植物的事吧。

到便利商店買了飲料，走出店外，看到一對年輕情侶走在前面。手牽著手，不時四目交接，踩著輕快腳步的青春背影。應該是在交往吧。或許今天是睽違許久的碰面，兩人臉上掩不住的笑意是那麼的可愛。看著這幅除了幸福之外沒有其他詞彙可形容的景象，我的雙眼竟在不知不覺中盈滿淚水。「欸？為什麼？不會吧？我怎麼哭了？」自己都莫名其妙。慌亂低下頭，再抬起頭來已不見情侶身影。這情緒是怎麼回事？回到家門前，我一直邊走邊思索原因。既不是渴望與人接觸，也沒有想起什麼傷心往事。那到底為什麼流眼淚？想想看，再想想看。「難道是鬆了一口氣嗎……？」看來，我好像是獲得了某種安心感。感受到風的吹拂，欣賞了綻放的花，接觸到那對情侶天真無邪的笑容，讓我心裡有什麼溢了出來。或許我給自己的壓力比自己以為的更大。在與我無關的地方，四季依然流轉，愛依然萌生。去年的五月和今年固然不同，明年的五月和今年也不會一樣。一定沒問題的，這剛嶄露頭角的夏日，好像順便為我帶走了身上的包袱。站在公寓一樓的自動門鎖前，我偷偷拉開口罩深吸一口氣。聞到萬物生命的氣息。

回到房間，上網一看，看到「解除部分防疫警戒」的報導。查了一下那個我不認識的植物「天堂鳥」，花語是「寬容」。我決定接受自己的不安焦慮和接下來的每一天。

あの日 撮った
ゴクラクチョウカ。

那天拍的天堂鳥。

敬啟者，那天的女孩們

貓三昧

（《達文西》雜誌・2020 年 7 月號）

人生就是一連串的選擇。

前幾天，我在演藝圈感情最好，對我而言就像大哥一樣的朋友結婚了。真是太可喜可賀啦。溫柔又有包容力的他，和天然呆又可愛的她，一定能建立一個充滿幸福的家庭。明明結婚的不是我，我卻這麼開心，再次體會到人與人之間的相遇是多麼崇高的一件事。那天過中午不久就接到他的聯絡，說「大概今天傍晚消息就會出來了」。儘管嘴上不忘奚落他一番，我也在電話裡對他說「謝謝你先通知我，真的太恭喜你了」。上揚著嘴角掛掉電話後，卻不知為何有陣冷風吹過心的縫隙。難道這就是那個嗎？年齡相仿的朋友陸續結婚，不知不覺中單身的只剩自己。明明察覺這一點，仍裝作沒看見自己難以言喻的不安與焦慮，腦中混雜了寂寞與羨慕的情感，化為複雜的訊號，像敲打摩斯密碼般規律地向外傳送。同時，對這樣的自己又有點失望，感覺一陣空虛——這就是過去好幾次從找我商量戀愛煩惱的女性友人口中聽聞的那種傳說中的失落感嗎？以前在喝酒聚餐時聽到她們這麼說的時候，我都不當一回事，內心暗忖

「何必這麼著急呢？沒問題吧？」還露出我最擅長的淡定臉安慰人家。但是抱歉，當時那些煩惱的女生們。是我不好，沒能理解妳們的心情。怎麼可能不著急嘛。更何況我今年都三十四歲了。我出生時，老爸是三十五歲。這麼一想，真覺得背後冷汗直流。不安之餘，我上網查「無法結婚的男人 特徵」，發現我根本符合「工作狂、非戀愛體質、已確立自己生活節奏的男生」的三冠王條件。這種文章到底是誰寫的啦！

不只如此，也不知道到底該說是如虎添翼還是雪上加霜，我有幾個定期會發作的麻煩宿疾。最近最常發作的是「貓咪病」。這病可怕的地方，在於只要一發作，大概會有兩個月左右的時間一天到晚想養貓想得不得了。不分白天黑夜，一空閒下來就到處搜刮貓咪影片欣賞，過著受素未謀面的人養的素未謀面的貓療癒的每一天。有時猛然回神，才發現自己正在對螢幕裡不知誰家的小女生布偶貓講話：「真是個小美女～」我的所作所為，和對現實世界的戀愛毫無興趣的二次元偶像宅大叔沒兩樣。昨晚睡覺時，我還在那邊假想「如果自己有養貓」，嘴裡說著「好熱喔，離我遠一點啦～」，看來真的病得很嚴重。

當「貓咪病」的症狀稍微緩解後，「狗狗病」又會掀開門簾走進來。這位也已經是常客了。蹦蹦跳跳的小型犬很好，份量十足溫柔穩重的大型犬也很棒，一臉剽悍望向遠方的柴犬、表情傻傻少根筋的法國鬥牛犬……大家都好可愛。這個病的症狀發作期間，我每天都在腦子裡幫好幾隻狗洗澡。請叫我洗澡大師。這時也擅自挪用了網路影片裡不知道誰家的狗狗大人來滿足我的幻想。順帶一提，洗黃金獵犬之類的長毛品種時，洗澡前必須先用梳子把毛梳開，不然吹乾後就會結成毛球，很傷腦筋。啊，這些都是發生在我幻想中的事。

「狗狗病」點完收尾的最後一道魚雜湯後，這次輪到「兔兔病」單獨上門來了。只見他一邊說「還沒打烊嗎？」一邊在用整塊木頭做成的吧檯邊坐下。我也不知道為什麼自己現在要用壽司店來打比方就是了。兔兔爽快地吃完少量握壽司，輕聲說「請幫我結帳」。接著，雪貂、水獺、蜜袋鼯、絨毛絲鼠、迷你豬一行人熱熱鬧鬧地走進店裡。慢慢地，貓頭鷹、鸚鵡和文鳥出現在店裡飛來飛去，刺蝟一副嫌吵的樣子蜷成一團，長頸鹿乾脆閉起眼睛。就這樣，我的「寵物欲」全年無休，二十四小時營業中，生意興隆得很。

若問我到底想說什麼，那就是——長年累積的「想跟貓或狗一起生活」欲望最近終於快要爆發。我也是會寂寞的好嗎！一個人的夜晚！既然要養寵物，當然就要對他們付出感情，好好照顧，可是從以前就有「單身男子太愛寵物會遲遲無法結婚」的說法……上網找找應該能找到相關文章。我是怕得連找都不敢找啦。再說，「萬一將來有喜歡的人，對方卻對小動物過敏怎麼辦……」這些都是得煩惱的事。「生存還是毀滅，這是個問題」。這是莎士比亞在《哈姆雷特》中寫下的台詞。我現在或許正站在人生的岔路上。哈姆雷特，這句話借我用一下喔……「要找結婚對象還是養寵物，這是個問題。」

順便告訴大家，只要取得所在行政單位的許可，住家也可以養長頸鹿喔。可惜的是，沒有哪間寵物店賣長頸鹿，擁有這個知識的我也算病入膏肓了吧。過去找我商量戀愛煩惱的女生們啊，下次也可以請妳們聽聽我的煩惱嗎？

我的宇宙史

JAXA

（《達文西》雜誌・2020 年 9 月號）

現在，我正在參加一項名為「ＫＩＢＯ宇宙放送局」的計畫。光聽我這麼說，各位一定一頭霧水，就讓我稍微說明一下關於這項計畫的事吧。英仙座流星雨達到最高潮的八月十二日，將在距離地球四百公里高空中盤旋的國際太空站日本實驗艙「ＫＩＢＯ」（註：ＫＩＢＯ與日語的「希望」同音，也稱為希望號實驗艙）上設置特別攝影棚，同時直播從地球仰望宇宙，以及從宇宙俯瞰地球的畫面。這也是世界首度製作的地球宇宙雙向同時直播節目。東京攝影棚裡，由我與菅田將暉擔任串連起宇宙與觀眾的任務。透過這場規模壯闊的實驗，在ＪＡＸＡ的協助下，將飛離地球後看見的前所未見景色傳送到觀眾面前。從封閉的現代重力中獲得解放，宛如夢想般的一天，怎能不教人雀躍期待。

我原本就非常喜歡「未知的事物」，每日接觸未知事物幾乎等同於攝取五大營養素，也是我的活力來源。對這樣的我來說，宇宙實在是個充滿浪漫情懷的地方。畢竟，關於宇宙，我們不知道的事情太多了。在天文學的發展下，即使現代人已經發現肉眼無法直接看見的遠得要命的銀河，關於宇宙的事，還有超過百分之九十尚未釐清。這說來也無可厚非，現在已成宇宙起源定論的「宇宙大爆炸理論」於一九四六年才提出，我們人類在太陽系外第一次發現行星也不過是一九九三年的事，說起來都是最近。

人類自古以來都在仰望天空。夜空還很黑暗的年代，人們仰賴星星移動，靠占星術決定國家的未來，後來才得知世界不是以自己為中心運轉，也開始探索原本以為理所當然掛在天上的星星月亮太陽，想知道更多關於宇宙的事。各位是怎麼想的呢？為什麼太陽四十六億年來能夠持續不斷燃燒？為什麼從地球上看到的獵戶座等知名星座的光芒，其實是距今多年前發出的光？大家可曾對這些事抱持過疑問？現代的夜空太亮，但也正因如此，或許是我們該再次好好思索宇宙太空的時候。

我對宇宙開始感興趣，是在高中一年級的時候。現在回想起來，應該說當時的我因宇宙而獲得救贖。像被什麼附身似的，高一的我不管走到哪都在想「為什麼自己會誕生在這個世界？我的人生意義是什麼？我所在的這個世界究竟是怎麼一回事？」無論上學途中、課堂上，甚至和朋友去唱卡拉ＯＫ時也是，意識動不動就沉浸在這類思考中浮沉。這或許是青春期特有的「尋找自我」第一步吧。我就這樣不斷煩惱這種小孩子不可能理解的問題，那年夏天的某個傍晚，打工完踩著腳踏車回家時，幹線道路前方天空忽然「轟」的一聲冒出巨大火球，瞬間又消失了。我不由得興奮起來，「剛才那道光是什麼？就算是流星也未免太大了吧？」急急忙忙回到家，向家人朋友報告這件事，卻沒有其他人和我看見一樣的東西。當時上網費用昂貴，無法隨便上網搜尋，隔天報上也沒有相關新聞，火球事件成為謎團。「該不會是只有我看得見的飛碟吧？」這麼想著，星期天就去了一趟圖書館，查閱與宇宙太空相關的書籍。書裡的內容無不深奧有趣，深深吸引了我，連要查火球的事都給忘在一旁了。沒記錯的話，當時拿起的某本雜誌之類的書上，確實有這樣的描述：「若把整個宇宙的歷史視為一年，以元旦的零點零分為起點，人類的誕生與文明的發展就是除夕夜的二十三點五十九分。而我們現代人的一生，只相當於其中的零點一秒。」看到這段文字，我忽然感到緊繃的身體倏地鬆懈，心想「從宇宙看下來，我的煩惱是如此渺小，根本不值得一提」。以宇宙壯闊的規模看事物，使我明白從正面意義來說，就算活得隨便一點也沒關係，這對老是獨自陷入思考的我而言是很重要的一件事。只不過，那之後我又讀到一句「宇宙在開始之前只是個『無』」。我完全看不懂這是什麼意思，於是又陷入「『無』到底是什麼……？」的思考。無論如何，這就是我與宇宙初次相遇的重要回憶。

說到印象深刻的回憶，我又想到另外一件事。我就讀的小學會舉行帶學生去天文館看星象儀的課外教學。第一次去，是我小學二年級的時候。背靠在椅子上，對投影在上方的星空看得入迷，連嘴巴都忘了闔起來。這時，坐我隔壁一個平常也不怎麼熟的班上女生窸窸窣窣地動起來，突然轉過來親了我。我想，那天的我看上去一定比全世界任何一隻吞下小鋼珠的鴿子更驚嚇。我的初吻，就這樣在天文館被奪走了。少女心真是比宇宙更充滿未知的領域。人工星光照耀下，她忽然咧嘴一笑。好恐怖。

話題好像扯太遠，但從宇宙歷史的角度看，這些也都是微不足道的小事了。總之，八月十二號，請大家一起期待流星雨之夜吧。啊，說到流星雨，是不是有人以為這是許多流星一起接近地球的現象？我到前幾天都還一直這麼誤會。不管活到幾歲，只要擁有原本不知道的體驗，人生就會變得更豐富。

感謝上天

（《達文西》雜誌・2020 年 10 月號）

八月二十八日，我和菅田將暉一起出了一首叫〈感謝上天（Thank you kamisama）〉的歌。

一開始是春天的時候，居家防疫期間，菅田邀我「一起做點什麼吧」。在他的提議下，我們用他寫好但尚未問世的曲子，兩人一起創作歌詞，打算以慈善歌曲的方式在網路上發布。其實我內心也有過一番糾結，對於身為演員卻跑來唱歌這件事。後來想想，要是我的行動能為誰派上用場，那就沒有比這更好的事。加上邀我一起唱歌的是熟識的菅田，最後就決定答應了。接下來又加入了更多人，除了請到木村佳乃姊和ｃｈａｙ來和聲，還找松坂桃李來擔任ＭＶ的主角之一，發展成一大豪華企劃。我們幾個人是隸屬同一間經紀公司的夥伴，只是平常沒什麼機會齊聚一堂，這次正好可以趁著各種工作暫停的空檔一起「創作」，想必能做出獨具意義的作品。正式上線的前一天，我和菅田在電子郵件裡這麼說著握了手。

我至今也有幸做過各式各樣的工作，但這還是這一次如此正式加入音樂製作的行列。一首歌是怎麼做出來的呢?將指揮任務交給是演員也同時是歌手的菅田,我決定好好享受這整個製作過程。首先,我們在電話裡討論出曲子的世界觀與方向,彼此先各寫一點歌詞出來,輪流寄給對方看。菅田在菅田家收到我寄去的歌詞,我在我家收到菅田寄來的歌詞,各自配合音源想像曲子的模樣。感覺就像加上了音符的交換日記,做起來很愉快。歌詞寫到某種程度後,就先大概統整一次,再根據統整後的內容分別修改自己在意的地方,繼續交換日記。最後帶著吉他到經紀公司會議室,實際彈出聲音做最後修飾的工作。也不知道是奇蹟還是菅田刻意的安排,完成後的曲子很平均地採用了一人一半的歌詞。這種小地方特別有「合作」的感覺,也令人開心。

季節進入初夏,進錄音室的日子終於來臨。第一次看到的機械,第一次認識的音樂製作專業人士。即使一邊打打鬧鬧開玩笑,一進入錄音間就能集中注意力唱歌。音源比上次聽到時多了些變化,懷著對菅田的敬佩,享受對這些小細節的發現。我和菅田的歌聲雖然音色不同,卻不可思議地取得協調。這天,完成了只差最終階段的調整，現階段還稱為「初混（Rough mix）」的暫定版音源。寬敞的錄音室裡，坐在各自的位子上展開試聽會。曲子從吉他伴奏與菅田直率的嗓音開始，再進入我唱的段落，加入更多樂器與和聲，豐富了這首歌的色彩。眾人配合節奏做出或「喔！」或「哇！」的反應，聽著從錄音室配備的優質喇叭中流洩的樂音，我忽然一個人搭上時光機回到過去。

十八年前，我還是個從沒想過自己將來會成為演員的普通高中生。當時，我每個星期天都會騎腳踏車到離家三十分鐘的音樂教室上歌唱訓練課。其實我原本是個音痴，小學上音樂課時，只要我一站到講台前唱歌，班上同學就會開始竊笑。國三春假，去了人生第一次的卡拉ＯＫ，當時我是化學超男子的歌迷，在對他們的崇拜心情推波助瀾下，心想「自己也想像他們那樣盡情唱歌！」於是，擅自借了父親的吉他練習，用簡單的和弦寫出現在回想起來很難為情的曲子。一心只有「希望讓誰聽到我唱的歌」的念頭，少年時代的我一點也不在意之後會得到什麼評價，在老家的小孩房裡自在伸展純真雪白的翅膀。

後來，我遇到現在經紀公司的社長。「你現在對什麼事最感興趣？」「學唱歌或練習彈吉他。」「是喔，那下次寄ＤＥＭＯ帶來給我聽聽看。」「喔……好。」為什麼我會把這件事給忘了呢。坐在錄音室的沙發上，那個令人產生對音樂憧憬的房間中的氣味，手指被吉他弦劃破時的痛楚，在在鮮明地復甦於腦海中。之後，「等厲害一點再說」就忘記約定的我，再次接到社長的聯絡。「我下次要開辦演員訓練班，你有興趣嗎？」這就是我現在從事演員工作的開端。在「立志成為演員的青年」之前，我也曾有過「立志成為歌手的天真少年」時期。

而現在，和大家在這裡，一起聽著跟菅田共同創作歌詞的這首歌。那之後經歷了各種事，成長為無法不介意別人評價的大人，坐在錄音室的沙發上萬分感慨。「已經無法像當年那樣盡情伸展純白的翅膀了啊」。得好好檢視自己現在擁有的翅膀才行，當我這樣想的時候，曲子正好播完，錄音間裡響起掌聲。

那天晚上，回到自家客廳裡的我思緒紛呈。能與這首歌相遇真是太好了。

將蒙塵的夢想小心翼翼摺疊起來收好。剩下的，只有希望這首歌能成為正努力活在當下的誰收起翅膀歇息的地方。

給寶貴的人們

（《達文西》雜誌‧2020 年 11 月號）

就這樣，持續了兩年的連載〈非常雜談（やんごとなき雜談）〉，這次也將迎來最後一回。非常感謝各位陪我走到現在。這段時間說長很長，說短也很短。好像發生了各種事，又好像什麼也沒發生。姑且不論好壞，健忘的我始終記得兩年前的差不多現在，打開電腦獨自思索「該寫什麼才好」的事。也就是說，我跟兩年前沒有什麼不同，依然在截稿日的三天前搜索枯腸，自問自答。雖說任何事做了兩年也該有所成長，偏偏寫文章這件事沒辦法總是這麼順利。就算寫作技巧能夠磨練，如果找不到「想寫的東西」，只會像往深陷泥濘的車輪潑泥水一般，文字怎麼樣也無法向前寫下去。反過來說，太強烈地想寫某樣東西時，又會因為加速過頭，把車上的讀者給甩開。生活中幾乎不可能那麼剛好總是碰到能適度運筆寫下的有趣事物，只好每次自問自答，潛入自己內心深處，挖出棲息在光線照不到地方的猙獰「自我」，仔細觀察這生物的種種細節。這兩年來，我真是深深體認到作家這份職業有多孤獨。

待在那麼幽暗深邃的地方時，自己為連載想的這個標題，沒想到卻多次鼓舞了我的勇氣。在網路上查了各種資料，【やんごとなき】這個詞在古語中有「尊貴、寶貴」的意思。【雜談】則是「漫無目的，內容空洞的談話」。換句話說，〈やんごとなき雜談〉這個名稱，正好說出我內心小小的願望，「無論多無聊不值一提的小事，一定也具備某種寶貴、崇高的價值」。老實說，會取這樣的名字，也是因為當初對自己一個寫作外行人居然開始連載感到不安，想給自己先準備個下台階。不過現在，我倒是很滿意這個自己發明的詞彙，總覺得好像很符合時代。

比方說，前幾天不經意在電視上看到討論「現代人自我認同感偏低」的話題，據說這便是容易沮喪、超乎必要自卑和工作表現不好的原因，而且做事愈認真、責任感愈強的人愈容易這樣。「確實如此……」我莫名感到認同。在認識的人裡面，也有很多因為沒有自信而煩惱，費盡千辛萬苦想脫離負面思考迴圈的人。有時是受到不景氣的影響，有時是和過去相比，看不到未來的希望，有時是沒有或還沒找到想做的事。這或許是輕易就能和別人「比較」的現代副作用也說不定。總之，用否定的眼光看待自己，似乎是人們活得這麼辛苦的一大主因。

我也有過那樣的時期。現在回想起來，總覺得自己那時無法在任何地方找到「幸福」。儘管以我的狀況來說，是出於自尊太高導致的焦慮不安就是了。和活躍於影壇發光發熱的同輩演員相比，二十五歲前的我只能一直待在房間裡悶悶不樂地啃指甲。心想自己明明可以做得更好，明明應該獲得更多東西，受到更高評價才對。光就數字和外表跟周遭的人相比，不是陷入嫉妒就是虛張聲勢，擅自增加假想敵。把這類自以為「理所當然」的標準愈拉愈高，理想與身處的現實落差就愈來愈大，我也愈來愈痛苦，愈來愈無法自我肯定。其實只要知道自己能為誰派上一點用場或許也就夠了，當時的我卻沒有這麼想的餘力。說來丟臉，每天用廉價酒精催眠自己，過著墮落的生活。後來救了我的，是學會「放棄」這件事。放棄好高騖遠，放棄為了讓別人理解而美化出來的自己，放棄為了消除當下的不安而欺騙自己的行為，放棄與人無謂的比較，放棄假裝沒看到因此沮喪的自己。換句話說，改成從自己能力所及的範圍內，找到符合自己實力的夢想和目標。經歷過這番努力，我終於能夠接受原原本本的自己。「反正我本來就不是什麼了不起的人，只要先盡力活過今天和明天就好」，這麼一想，整個人輕鬆了許多。

世界上也有找不到活著的喜悅、煩惱人生的意義、在痛苦中結束一生的人。每個人都有自己的形狀，幸福的基準也各自不同。但是真要說的話，大家也只不過都是被生在這世界上而已，無所謂使命也無所謂意義。只是，無意義的人生又未免太寂寞了，所以總要找個藉口掙扎著活下去。或許這段時間就是「活著」。大家都不一樣，大家都有所欠缺，有時可能會認為自己的存在「只是個沒有意義，沒有重點的故事」。即使如此，人生在世一定具有某種尊貴的價值，是一場美麗的奮鬥。愈是被捲入肉眼看不到的不安，失去希望之光的時刻，愈是該偶爾認同一下自己。我真切地希望大家都能這麼做。然後，只要用自己的步調往前走就好。需要拿來比較的，只有自己上一步的腳印。

在最後一回連載的今天，雖然難為情，還是獻上我的雜談散文，希望能為某位「寶貴的你」帶來一點力量。

今後

（全新創作）

做了個奇怪的夢，恍惚醒來睜開眼睛，在忘了關掉的橘色燈光下，看見的是熟悉的空間。「又來了」。結束工作回家，等洗澡水放滿時不小心睡著了。客廳裡只有加濕器默默發出運作的聲音。揉著對不準焦距的眼睛，好不容易才看清時鐘，兩點三十一分。慢慢起身，用難看的動作伸展僵硬的脖子和腰。明天也是從早到晚拍一整天外景戲的行程，得好好放鬆身體，至少躺在床上睡一小時才行。伸出手按下「重新加熱洗澡水」的按鈕。已經連續四天這樣度過一個人的夜晚了。

明知已是十二月天，屋裡冷得像冬天的早晨，明知這樣睡著一定會感冒的我到底在幹嘛。「等洗澡水放滿的五分鐘或十分鐘就好，躺一下讀個劇本吧」，這麼想著躺在靠墊上，回過神時已經是半夜。每天都犯一樣的錯，為什麼敢相信自己「今天一定不會」呢。大概是這套綠色沙發不好。網購來的三人座木頭扶手沙發，畢竟價格不便宜，一定是它散發著某種誘惑我躺上去的甜美香氣。明知不可，還是抗拒不了的魔力。就像飛進豬籠草的蒼蠅、深夜裡的泡麵、迷你裙、不管怎麼看都是戴假髮的歐吉桑、肉球。還朦朧不清的腦袋列舉著這些「不可抗拒的魔力」時，從未見過面但再熟悉也不過的女人聲音告訴我「洗澡水已重新加熱完畢」。

包裝上寫著「會變成乳白色」的溫泉泡澡粉，加入洗澡水中卻不知為何成了黃綠色。是我看錯了嗎？泡在浴缸裡的時候，我都會把自己當成昆布或柴魚乾。跟在鍋子裡釋放美味成分的它們一樣，想像自己泡在浴缸裡的身體正釋出滿身的疲憊成分。聽說按摩時只要想像被按揉的部位「正慢慢鬆開」，按摩的效果就會更好，就跟那一樣。今天的我一定能熬成一鍋很濃的湯頭吧。一邊想像全身每個細胞都打開，發出滋滋聲向外排出不需要的東西。「哎呀，又結束了一天」腦中整理一天下來發生的各種事。

比方說，工作的事。最近一直被時間追著跑。拿到劇本馬上就得熟讀，背好台詞出門，從早到晚都在拍戲。一星期轉眼就過了，根本磁浮列車。好幾次拍戲拍到天亮，造成現在日夜顛倒的生活方式。在這個業界雖是理所當然的事，總希望行程能抓鬆一點，安排得更有建設性一點。無論就預算或創造力來說，這樣對大家都好。可惜，連續劇的拍攝愈進入後半段只會愈緊湊。

比方說，接下來的事。年底前有許多瑣碎的工作，還有明年要拍的作品，都會在身體放鬆的狀態下浮現腦海，拍攝時期、成員、化學反應。想像自己在某部作品中該以哪種形象出現，外表給人什麼樣的感覺。如果要達到這種效果，可能需要再瘦三公斤，什麼時候必須開始把頭髮留得厚重一點……像這樣發揮自己身為演員的嗅覺。準備得愈多，就能拿出愈好的成績。提早開始慢慢增加對作品與角色想像絕對有利無弊。才華不如人的自己，得比別人多花五倍時間與精力思考，才能跟得上大家，這個從菜鳥演員時代養成的「思考癖」到現在還戒不掉。雖然也想成為什麼都不想就站得出來的演員，看來還早得很。

比方說，可有可無的事。像是剛才做的夢。「老家的大門喀啦喀啦鬆動，老爸卻堅持不修，於是有個年輕相撲力士從門縫間鑽進來，拿出牛皮信封裡的小鈴鐺」，是這樣的夢。到底在演哪齣啊。我是從什麼時候開始喜歡泡澡的呢？這麼說起來，國中時曾經泡在浴缸裡睡著，醒來時全身都泡得皺皺軟軟的很嚇人。咦？那是叫磁浮列車嗎？是磁浮列車來著？♪Lonely哼哼哼嚕嚕嚕～Lonely呼呼呼哪哪哪。好想去關島打高爾夫球喔。什麼時候才去得成呢？欸，明天的台詞是……像這樣在放空的時間思考，因為不用負起任何責任，所以很輕鬆。

吹乾頭髮走出陽台，今天也能清楚看見星星。凝神細看，還可以找到更多。深夜裡城市燈光稀疏，看起來不像東京，有點說不出的可愛。涼涼的風吹來，冷卻發燙的身體。有溫暖才會有冰涼，因為疲倦才感覺得到療癒。不全都是快樂的事，所以要去找出樂趣。說來說去，今天也有許多雜念隨著浴缸裡的水流進排水口，睡覺、醒來，又是新的一天。「接下來也能繼續這樣生活就好了」這麼想著，飛過天亮前的天空。

後記

あ（A）

自我意識

讀完將連載內容集結成冊的這本書，我覺得有點累。「原來自己腦子裡比想像中還亂七八糟啊……」各位讀者一定也累趴了吧。真的非常感謝你們讀到這裡。原本以為能做出一本具有某種主軸的書，沒想到，嗯……這本書到底是怎樣？這樣真的可以嗎？可是仔細想想，又覺得這彷彿東一塊西一塊鵝卵石鋪成的道路，也確實就是兩年之間我真實的樣貌。嗯，就當是這樣吧。我死命說服自己，現在一邊喝著剛沖好的黑咖啡，一邊寫這篇後記。好苦。

這兩年之間，不只我自己，世界也起了很大的變化。尤其是連載後半段，二〇二〇年五月之後寫的原稿，都是在一種難以順暢呼吸的鬱悶氛圍中拚命擠出的東西。明明是在這段足以名留世界史教科書的混亂時代下，足以顛覆價值觀的劇烈變動日子裡寫下的連載……我卻發現一件驚人的事。

「我怎麼……全都在寫自己的事……？」

或許有人會說，哎呀，散文不就是這樣嗎！可是，過去我所讀過，令人讚嘆「真有意思」，不惜犧牲睡眠時間也要繼續讀下去的知名散文都……更加……怎麼說呢……有著更多人與人之間的交流啊！還有在交流中發生的事件啊！以更出色的筆觸和品味寫得充滿趣味性，應該是這樣才對啊……然而這本書簡單來說，就只是在講「我中村是這麼認為的」。也太丟臉了吧！

這麼說來，我又想起一件事。那是小學的畢業作文集。其他同學寫的不是「對○○的回憶」，就是「對△△的感謝」，記下國小六年間美好的插曲。只有我寫的是「上壘球課時自己打出的全壘打有多厲害」。啊啊，我的自我意識啊，原來你從那時就住在我心裡了嗎？結果，到現在還賴在那裡嗎？我可是很希望你早就收拾行李離開呢。真討厭這樣的自己。

如此充滿自我意識的我寫出的稿子，幸好有嚴格的責任編輯M在一旁鞭策。也多虧了各位工作人員的大力相助，這本充滿自我意識的書才能順利出版。真的非常感謝大家。當然也要為各位讀者獻上Special的Thanks。要是哪天能再相見，請一定要幫我一起趕走自我意識喔。See you！

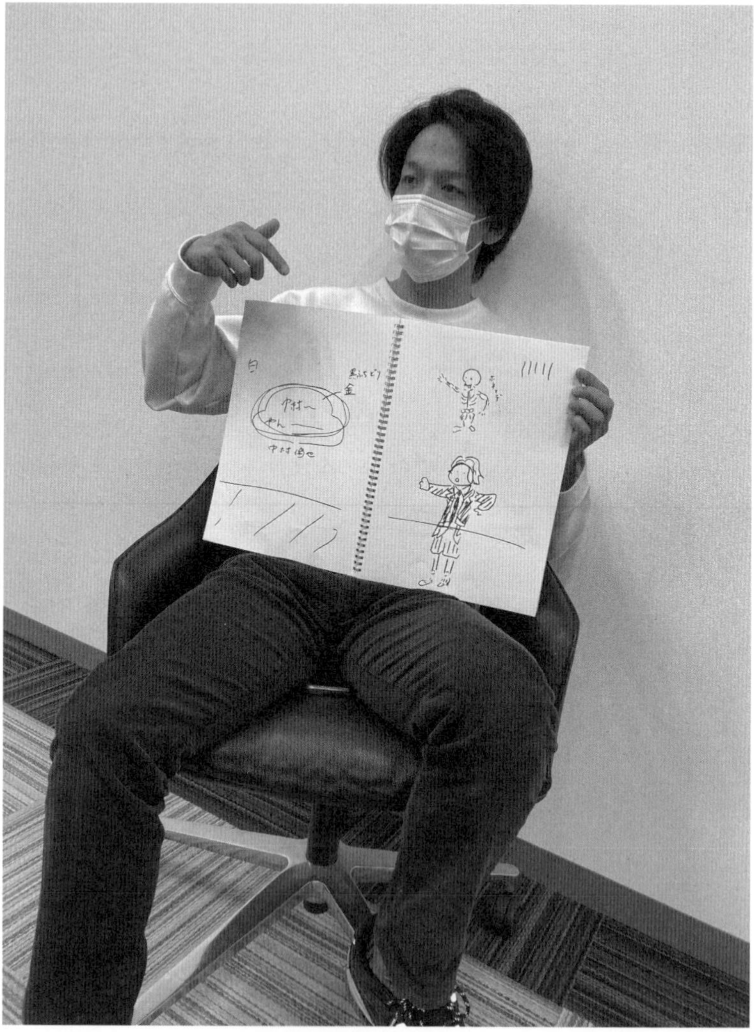

表紙 打ち合わせにて
熱弁をふるう
中村氏。

正在與工作人員
熱烈討論封面設計的
中村氏。

插畫
中村倫也

裝幀
宮古美智代

照片（封面・書腰）
ただ（ゆかい）

造型
戸倉祥仁（holy.）

髮妝
松田 陵（Y's C）

DTP
川里由希子

校對
向山美紗子

協助編輯
トップコート

國家圖書館出版品預行編目資料

中村倫也之非常雜談 / 中村倫也作 ; 邱香凝譯 .
-- 一版 . -- 臺北市 : 臺灣角川股份有限公司 ,
2022.09
面 ; 公分
譯自 : THE やんごとなき雜談
ISBN 978-626-321-799-7(平裝)

861.57 111011236

中村倫也之非常雜談

原著名＊THE　やんごとなき雑談

作　者＊中村倫也
譯　者＊邱香凝

2022年9月28日　一版第1刷發行

發 行 人＊岩崎剛人
總　　監＊呂慧君
總 編 輯＊蔡佩芬
特約編輯＊林毓珊
美術設計＊李曼庭
印　　務＊李明修（主任）、張加恩（主任）、張凱棋

台灣角川

發 行 所＊台灣角川股份有限公司
地　　址＊104台北市中山區松江路223號3樓
電　　話＊（02）2515-3000
傳　　真＊（02）2515-0033
網　　址＊http://www.kadokawa.com.tw
劃撥帳戶＊台灣角川股份有限公司
劃撥帳號＊19487412
法律顧問＊有澤法律事務所
製　　版＊尚騰印刷事業有限公司
I S B N＊978-626-321-799-7